바람과

━━━

햇볕의

집

바 람 과 햇 볕 의 집

오십, 지리산을 펼쳐 집 한 권 썼습니다

초판 1쇄 발행일 2022년 11월 6일

지은이 김토일
펴낸이 허주영
펴낸곳 미니멈
디자인 황윤정

주소 서울시 종로구 부암동 332-19
전화 · 팩스 02-6085-3730 / 02-3142-8407
이메일 natopia21@naver.com
등록번호 제 204-91-55459

ISBN 979-11-87694-22-9 03810

김토일 지음

바
람
과

———

햇
볕
의

집

오십, 지리산을 펼쳐 집 한 권 썼습니다

minimum

바람의 길과 햇볕의 각도까지
계산했습니다

여기 집이 한 채 있습니다. 상상이 지어낸, 가진 것 없는 꿈이 지어낸 집입니다. 집은 집이되 바람과 햇볕이 함께 사는 집입니다. 사람은 둘이고 자연은 흘러서 넘칩니다. 그 집에서 햇볕은 여름이면 창턱에 짧게 앉아 있다가 새소리에 묻어 산그늘로 서둘러 숨어듭니다. 겨울에는 집 안 깊숙이까지 들어와 소담한 세간살이에 오래오래 참견을 하고 돌아갑니다.

　아내와 나의 바람대로 바람은 늘 잘 통합니다. 동쪽으로 난 통창으로 들어온 바람이 잠시 머물다 뒤쪽 쪽창으로 날숨처럼 빠져나갑니다. 북쪽으로 난 뒷문이 남쪽의 현관으로 풍문처럼 기별을 넣습니다. 집의 네 벽에 뚫은 구멍은 창과 문이 되고, 바람의 길과 사람의 길이 한통속이 되어 서로가 서로의 몸에 숨을 불어넣습니다. 자연과 수시로 내통하는 집입니다.

　네 벽의 창문으로 사방에 길이 생깁니다. 그 길로 지리산의 풍광이 무장무장 쏟아져 들어옵니다. 연분홍 봄이 들어옵니다. 깊이가 다른 초록이 첨벙첨벙 들어옵니다. 들불처럼 가을이 들어옵니다. 어쩌다 생각난 듯 겨울이 눈발로 들어옵니다. 사방에서 사계절이 흘러드는 그런 집이 있습니다.

　벌써 몇 해가 지났습니다. 어느 날 문득, 나는 도시 생활을 정리하고 지리산의 한쪽 귀퉁이를 헐어 집을 지었습니다. 집에다 삼연재

然緣姸라는 이름을 붙였지요. 이 집에는 내 이름의 문패보다도 세 개의 '연然緣姸'자가 딱 어울립니다.

삼연재의 첫 번째 연은 자연自然입니다. 내가, 아내가 이곳 화개에 반한 이유지요. 화개花開는 '꽃 피는 곳'이라는 뜻이라네요. 온통 꽃 천지입니다. 처음 이곳에 왔을 때 연분홍 꽃더미가 사태를 이루고 있었습니다. 꽃동네 뒤로 먼 산은 멀어서 배경으로 환했습니다. 겨울을 건너온 바람의 각이 둥글어져 살랑거렸습니다. 이제 막 돋은 어린 초록의 상큼한 비린내가 코끝에서 아른했습니다. 때와 장소와 사람을 가리지 않고 언제나, 어디나, 누구나 꽃이 피었습니다.

화개의 자연은 사람과 사람 사이에 여백을 주었습니다. 서로 부딪혀 깨지기보다는 떨어져서 지켜보게 했습니다. 그 거리가 서로를 읽어가는, 이해하는 시간이 되었습니다. 자연이 만들어내는 시간은 리듬이 되었습니다. 각자의 리듬이 돌림노래가 되었다가, 불협의 마디를 넘어서 미묘한 화음으로 변하기도 했습니다. 화음은 넘나드는 마디 없이, 잇댄 자리 없이 이 계절과 저 계절을 주거니 받거니 했습니다. 자연은 우리의 일상에서 그렇게 허밍처럼 배경처럼 아련하기도 든든하기도 했습니다.

자연은 아름다웠으나 생활은 팍팍했습니다. 가진 것은 지렁이

터럭만큼도 없는 우리에게 또 다른 연緣이 연줄을 댔습니다. 인연은 패인 곳은 메꿔주고 돋은 곳은 깎아주었습니다. 낯선 이곳에서 바람 피하는 법을 가르쳐주었습니다. 지척에 모두 인연이었습니다. 화개에서 맺은 인연들이 헐거운 우리의 창문에 수시로 기척을 넣어주었습니다. 어제 사소하게 지나쳤던 만남이 우리의 오늘에게 감 놔라, 배 놔라 했습니다. 그것마저 고마웠습니다.

　화개에서 얽힌 인연이 집터를 소개해주었습니다. 밥 먹고 살 자리를 깔아주었습니다. 비빌 언덕을 세워주었습니다. 철마다 나물이며 과실이며 분에 넘치는 먹거리를 밥상머리가 모자라게 올려주었습니다. 무엇보다 그 인연의 힘이 우리가 살아갈 집을 지을 수 있게 해주었습니다. 설계 도면에 표기할 수 없는, 기가 막힌 건축 공법이 된 셈이지요. 더해서 그 많은 연緣이 모여서 이 책의 문장들이 되었습니다.

　그리고 세 번째 연姸에게 화개 이전과 이후에 일어난 이 모든 사태의 책임을 묻습니다. 연姸은 생면부지의 타향에 집을 짓게 했습니다. 짙은 먹구름 같던 도시 생활을 청산하게 했습니다. 십수 년 전의 그해 봄, 이제 막 흩날리는 꽃비 속에서 꿈 같은 꿈을 꾸게 했습니다. 자기 생각밖에는 할 줄 모르던 비혼주의자의 흐린 일상에서 비를 걷어갔습니다. 혼자서는 감당할 수 없었던 이 모든 사태들을 결국에는 꽃사태로 바꾸어놓았습니다. 삼연재의 마지막 연姸은 아내의 이름입니다.

　이 책은 처음부터 나이 먹듯 한 살 한 살 읽어나가도 좋고, 앞부분은 뭉텅 잘라먹고 중간부터 읽어도 좋습니다. 아니면 삶이 버겁거나 기울어졌을 때 수평을 맞추는 데 쓰셔도, 혹은 먹고살기 팍팍해서 일상의 받침으로 쓰셔도 좋습니다. 손 가는 대로 연 닿는 대로 읽거나 사용하세요.

이 비루한 문장들을 추려 훗날 분명코 버거운 등딱지가 될 게 뻔한 책을 만들어주신 이들에게 내 연을 조금 나눠드리면 받으실지 모르겠습니다. 민망하고 또 감사합니다.

— 2022년 가을, 삼연재에서

1

시간은
황구렁이처럼
느 리   게
집을 지었다

2

흑등고래 한 마리와   허들 넘는
지렁이

3 나는 조용히 쌀을 계량해

글로 집을 짓 는 다

4 무늬 혹은 옹이

1

시간은 황구렁이처럼

─────────

느 리   게

집을
지었다

지리산
花水木

그러니까 2008년 4월 말경이었다. 도시의 지루한 일상들을 살짝 제쳐두고 1박 2일의 짧은 여행을 나섰다.

지리산, 그 넓은 산자락 끝단 어디 즈음, 벚꽃 진 자리에서 연록의 이파리들이 피어나고 있었다. 이파리들 사이로 비치는 하늘은 더없이 맑았다. 햇빛에 사방으로 튕겨 오르는 연초록색의 벚나무 잎들이 허공 중에서 찬란했다.

그해 봄은 그렇게 찬란해서 꽃 지고 잎 핀 자리에 이제 막 새로운 사람이 피어나기 시작했다.

"우리 어쩌다 같이 살게 되면……."

"…….."

"한 몇 년 후에 여기로 아예 내려올까?"

"그러등가!"

어느 것이 남자의 말이고, 여자의 말인지 기억나지는 않지만 그 말에는 무게가 없었고, 책임이 없었고, 기약이 없었다. 몇 년 후는 아직 오지 않은 먼 미래였으며, 남자와 여자가 같이 살지 말지는 '어쩌다'에 맡기면 될 일. '그러등가'라는 말이 씨가 될 확률은 거의 없어 보였다. 그래 보였다.

花

2017년. 지리산으로 내려와 벌써 세 번째 봄이면서, 꽃철이면서, 관광과 생업이 뒤엉키는 계면활성界面活性의 계절이었다. 넓고 높은 산과 깊고 맑은 계곡이 품은 모든 물물物物이 뒤엉키며 부풀어 올랐다.

겨우내 웅크리고 있던 들녘의 근육이 느슨해지고 나무마다 제 몸 밖으로 꽃을 밀어내기 시작했다. 화개천의 옆구리를 따라 그 꽃들이 욱신거렸다. 매화가 피고 지고, 벚꽃이 피고 지고, 살구 개복숭아꽃이 피고 지고. 꽃들은 산 쪽으로 몰려 올라가서는 다시 한 번 더 몸살을 앓았다. 몸살 끝에 온 산에 버짐 피듯 울긋불긋 만화방창萬化方暢의 신세계를 열어놓고는 선계仙界와 속계俗界의 경계마저 지워버리는 듯했다.

이제 남자와 여자도 조금씩 피고 질 때를 알아갔다. 넓고 깊은 사람과 사람 사이에서 언제 무엇이 피고 지는지 알아갔다. 이 꽃동네에서 무슨 꽃으로 피어야 할지 고민하면서 물오른 땅에 뿌리를 뻗어갔다. 곧 꽃 지고 잎 피며 열음하리라!

水

수류화개水流花開라 했다. 꽃이 피었으면 물이 흘러야 했다. 섬진강의 굵은 줄기에서 뻗친 매화 가지처럼 물줄기는 산 쪽으로 이어져 있었다. 지천의 맑은 물이 꽃을 피워 올리거나 녹차나무에 수액을 대거나 계곡에 기대어 사는 사람들의 일용수 역할을 했다. 물 옆에서 사람과 사람이, 사람과 자연이, 자연과 뭇 짐승들이 연緣을 맺으며 살아가고 있었다. 그렇게 물줄기 같은 연은 지리산 한편에서 버섯처럼 들러붙기 시작한 남자와 여자에게도 수맥을 대고 조금씩 살길을 열어주었다. 여자가 직장을 얻고 남자가 도시에서 해왔던 일들이 밥벌이가 되었다. 여자의 직장과 남자의 밥벌이가 밥만 먹고살 정도에서 밥도 먹고사는, 조사 하나 차이 정도의 수입을 만들었다.

살겠구나 싶었다. 다 사람 덕분이었고 지리산 덕분이었다.

木

때때로 지리산이 생각나서, 그리고 때가 되어서, 때마침 사업이 망해서, 아무것도 모르고 감행한 귀촌은 말이 씨가 되는 놀라운 역사를 보여줬다. 무식은 용감해서 장하거나 혹은 짠했다.

아무런 연고 없이, 아무런 자금 없이, 그 흔한 야반도주의 뻔한 사연 하나 없이 맨몸으로 내려왔다. 맨몸은 움직이기에 가벼웠으나 머물기에는 팍팍했다. 맨몸은 체면이 없어 아무 일이나 가리지 않고 하는 장한 모습을 보여주기도 하고, 맨몸은 그냥 맨몸이어서 맨땅에 헤딩하는, 없는 자의 짠한 생존 필살기를 보여줬다.

남자는 '노가다' 삽질하듯 마이너스 통장을 파헤쳤고 여자는 일어나지도 않은 미래의 걱정거리들마저 '땡겨 쓰기' 시작했다.

귀촌 첫해, 지리산은 가을에도 골이며 능선이며 온통 울긋불긋했다. 색색의 산을 배경으로 마을마다 감나무들은 빠알간 등불을 내어 달기 시작했고, 산의 나무들은 다디단 수액을 빨아올려 제 몸 가득 저장했다. 겨울을 나기 위해 나무들은 개별적으로 바빴으며 동시다발적으로 단풍을 피워 올렸다. 그리고 겨울, 잎 진 나뭇가지에 바람만 풍성했고 시퍼렇게 날 선 하늘이 날이면 날마다 펄럭거렸다.

겨우내 웅크리고 있던 들녘의 근육이 느슨해진다
나무며 풀이며 몸 밖으로 꽃을 밀어낸다
봄의 사방이 그 꽃들을 지켜본다

독해되지 않는 봄을 건너서,
화개로

2014년 늦봄에 나는 무턱대고 화개로 내려왔다. 말하자면 서울에서의 모든 활동을 정리하고, 경상남도 하동군 화개면으로 귀촌을 감행한 것이었다. 말이 좋아 귀촌이지, 그때 당시 내가 가진 것은 아무것도, 아무 계획도 없었다. 화개에 비빌 언덕이 있었던 것도 아니고, 그렇다고 발 뻗을 방 한 칸이 제대로 있었던 것도 아니었다. 그저 무작정, 즉흥적인 결심을 즉흥적으로 밀어붙인 것이었다.

그해에는 화개에 벚꽃이 무척 풍성하게 피었다, 고 전해 들었다.

아내와 결혼 전후로 매년 두어 번씩 화개를 찾았다. 화개에 꽃이 지면, 그래서 벚나무 새잎이 연초록으로 돋아나면, 매번 방문하던 펜션에서 몸과 마음을 추스르곤 했다. 펜션의 구들방에 누워 창호밖으로 보는 화개의 풍경은 꿈속처럼 아른아른했다. 설명할 수 없는 미묘한 계절의 향이 지천에서 넘실거렸다. 도로변의 꽃이 지고 나면 산 쪽으로 벚꽃이 밀려 올라가 피었다. 앞산이 연분홍색으로 뭉실뭉실거렸다. 누가 먼저랄 것도 없이 우리 여기로 내려와서 살자, 하고 말했다. 그때는 그저 분위기에 취한 헛말이었다.

그해 봄, 커다란 배 한 척이 한반도의 발치 즈음에서 가라앉았다. 도저히 이해할 수 없는 봄이었다. 내가 다니고 있던 직장의 경영 상태도 난파 직전, 아니 이미 침몰한 상태였다. 무능한 봄이었다. 아내는 십수 명의 제자를 그렇게 떠나보냈고 대신 우울증을 얻었다. 아내의 우울증은 깊은 바닷속 같았다. 헤어 나올 수 없는 세계에서 아내는 허우적댔다. 나는 할 수 있는 것이 아무것도 없었다.

직장을 정리하자 마음속에 빚만 남았다. 갚을 수 있는 부채가 아니었다. 그간 내가 빌려 썼던 그 많은 격려와 따스한 정 그리고 인연은 갚을 수 있는 그런 성질의 것이 아니었다. 고스란히 마음에 쌓여 이자만 눈덩이처럼 불어났다. 무슨 일을 해서라도 되돌려주고 싶었다. 동시에 서울에 대한 정이 떨어졌다.

그렇게 편치 않은 아내를 서울 처가에 남겨두고 나부터 내려왔다. 먼저 내려와 자리를 잡아 놓을 심산이었다. 아내는 서울에서 근근이 학교로 출근을 했다. 아내의 우울증은 켜켜이 쌓인 농밀한 어둠 같았다. 나는 아내의 어둠을 들여다볼 수 없었고 그래서 이해할 수 없었다. 시간이 지날수록 아내와 나 사이에 독해 불가능한 문장들로 넘실거렸다. 아내는 아내 자신만 들여다봤고 나는 나 자신만 바라보게 되었다.

어쨌든 화개에 빨리 자리를 만들어야 아내를 데리고 올 수 있었으므로 하루하루가 바빴다. 어렵사리 조그만 방을 하나 구하게 되었다. 아내도 서울 생활을 정리하고 내려와 그나마 발 뻗을 자리가 생긴 것이다. 아내의 서울 생활은 정리하고 꾸릴 것도 없이 간단했다.

우리는 그때까지 타고 다니던 승용차를 1톤 트럭으로 바꿨다. 그간 의지하고 살아왔던 세간살이를 솎아서 트럭에 실었다. 아내의 직장은 버렸다. 한 차가 되지 못했다. 최대한 많은 것들을 버리고 가자 싶었다. 짐칸에 실린 짐들은 그만큼 허술했고 동여맨 밧줄은 헐거웠다.

화개로 내려가는 도중 안산에 들러 분향을 했다. 그때까지 아무

도로변의 꽃이 지고 나면
산쪽으로 벚꽃이 밀려올라가 다시 피었다
앞산이 연분홍 구름으로 뭉실뭉실거렸다
곧 꽃비가 내리겠다

지천에 피고 지는 꽃더미 밑으로
여린 초록이 밑줄처럼 깔린다
붉은 꽃들이 푸른 문장에 방점을 찍는다
외워야겠다

것도 밝혀진 것 없이, 날이 저물고 있었고 계절이 바뀌고 있었다. 안정과 행복은 예측 가능성에서 온다고 했던가. 그런데 예측 가능한 삶이 있기는 한 걸까. 다만 아내의 상태가 조금씩 호전되고 있다는 것 외에는 아무런 대책이 없었다. 정부가 하는 일도 대책 없어 보이기는 매한가지였다.

고속도로 위에서 교통량까지 고려한 내비게이션은 정확한 도착 시간을 알려주었다. 불확실한 화개 생활까지 3시간 30분 거리였다.

해가 바뀌어 또 봄이 되었다. 이제는 외지인이 아닌 화개 주민으로 화개에서 봄을 맞았다. 생활은 관광이나 여행과 달랐다. 어쩌다 마주치는 아름다운 풍광이 어쩔 수 없는 일상의 배경이 되었다.

아내의 속에 쌓였던 농밀한 어둠도 이제는 느릿느릿 걷히기 시작했다. 나도 깔고 앉을 자리를 다지기 위해 동분서주했다. 조금씩 조금씩 화개의 꽃기운이 우리에게도 스미기 시작했다.

화개의 아름다운 풍광을 일상의 배경으로 삼아서 아내와 나는 꽃으로 지천인 이 마을에 젖어들기 시작했다. 그리고 삶은 하나하나 밑줄 그어가며 이해하는 것이 아니라 겪어내는 것이라는 것을, 어김없이 찾아오는 봄은 독해하는 것이 아니라 계절 속으로 푸욱 젖어드는 것이라는 것을 몸으로 익혀갔다.

겪어내고, 젖어들고, 익힌 것들이 화개에 적응하기 위해 몸을 움직일 때마다 풀풀 냄새로 날리는 것 같았다. 화개의 냄새, 살아가는 혹은 살아지는 냄새는 영락없는 꽃 냄새였다. 그렇게 화개의 생활이 조금씩 익어갔다.

밥만 먹여주는 소리

소리

아직 해가 뜨기 전, 시간은 5시가 조금 넘었을 것이다. 비몽과 사몽 사이에서 나는 엉거주춤 눈을 감고 있다. 시계를 보지 않아도 시간을 어림할 수 있다. 창을 통해 넘어오는 저 소리는 분명 5시를 조금 넘긴 시간에 들려오는 소리다.

위이잉.

찐득하게 쌓인 어둠을 깎아내는 듯한 소리. 계절과 시간을 동시에 알리는 알람음 같기도 하다. 그 소리는 미명 속에서 새벽 귀가 아리도록 울린다. 소리만 들어도 몸이 축축하게 젖고 어깨 마디가 쑤셔오는 것 같다. 저 기계음에 우두둑 뼛소리가 섞여 있는 것 같기도 하다.

육체노동의 끝판을 볼 수 있는 녹차 채엽 작업이 올해도 어김없이 시작된 것이다. 이제 여름이 시작되었다는 말이기도 하다.

곡우 찻잎을 따고 나서 입하, 소만을 지나면 슬슬 녹차 채엽 작업을 준비하기 시작한다. 일일이 수작업으로 고급 찻잎을 따 모으고 나면, 그다음부터는 기계를 이용해 대량으로 녹찻잎을 깎아내는 방식으로 작업의 형태를 바꾼다.

고급차의 개별 작업들이 분업화된 팀 단위로 전환된다. 녹차 나무를 사이에 두고 찻잎을 깎아내는 기계를 잡은 두 사람과 깎아낸

찻잎을 자루에 담는 사람, 자루를 밭에서 길가까지 지고 나르는 사람, 차에 싣기 좋게 규격화된 자루에 다시 담아 적재하는 사람, 그리고 멀찍이서 이 광경이 신기한 듯 구경하는 관광객으로 나뉜다. 이렇게 채엽된 찻잎들은 티백용 녹차를 만들거나 녹차 가공품 등으로 소비된다.

녹차 작업은 화개에서 내가 살아남기 위한 최소한의 밥벌이였다. 밥을 먹고 난 이후는 도모할 수 없는, 생명 유지를 위한 딱 그만큼의 벌이였다. 밥벌이 외의 다른 벌이가 필요했다. 월세를 내야 했고, 책을 사야 했고, 최소한의 공과금을 내야 했으며 술도 좀 마셔야 했다.

그러나 화개에서의 벌이는 녹록지 않았다. 몸 쓰지 않고 벌어들이는 벌이는 없었다. 적어도 화개에서는 밥과 밥 이외의 것을 유지하기 위해서는 끝없이 몸을 움직여야만 했다. 그 명백한 사실을 나는 화개에 와서야 대오각성하듯 깨달았다. 지금 저 소리가 느슨해진 나를 때리는 죽비 소리 같기도 하다.

취미 생활

화개로 내려오기 전, 서울에서의 내 밥벌이는 하나의 취미였다. 나는 밥벌이에 대해 고민하지 않았다. 밥벌이의 최저치는 아내가 지키고 있었으므로, 나는 밥벌이의 후방에서 하고 싶은 것들만 골라서 하고 놀았다.

후방은 평화롭고 고요했다. 때마침 다니던 직장이 망해서(망하기 직전이어서) 시간은 많았다. 남아도는 시간을 쓰는 것이 나의 취미였고, 그러고도 시간이 남으면 그때서야 겨우 밥벌이를 취미로 깔짝거렸다.

그사이 아내는 밥벌이의 최전방에서 아이들을 가르쳤고 매달 월세를 냈으며, 식비를 포함한 대부분의 생활비를 감당했다. 일을 마치고 집에 돌아와서도 내 취미에 감 놔라 배 놔라 하지 않았다. 배려가 연속되면 권리인 줄 안다. 나에 대한 아내의 배려를 나는 내 권리로 생각했다. 나쁜 새끼!

데이비드 실즈, 죽음

누군가 말했다. 누구도 이 생을 살아서 빠져나갈 수는 없을 거라고(아, 그 누군가는 도대체 누구인가?).

그 누군가는 누구나 본능적으로 알고 있는 이 사실을 왜 저따위로 멋있게 말했단 말인가. 나 역시 이 생을 탈출하는 유일한 방법이 죽음이라는 것을 너무도 잘 알고 있다. 바라는 것이 있다면 자연사로 퇴장하고 싶다는 것이다. 그러나 매일 술 처먹는 꼬락서니를 보면, 쉽지 않을 것이라는 짐작이 확신으로 바뀌어가는 중이다.

삶의 색들이 초록에서 갈색 비스름하게 바뀌는 중년의 언저리, 여기저기서 이파리가 떨어지기 시작한다. 어쩌면 자연사의 꿈은 애저녁에 접어야 할지도 모르겠다. 나는 나를 조금씩 죽이고 있는지도 모르겠다.

"나는 오이디푸스 콤플렉스가 있나 보다. 그래서 이렇게 죽음에 관한 자료를 쏟아 부어 아버지를 매장하려나 보다. 왜 나는 아버지에게 한시바삐 수의를 입히지 못해 안달인가? 아

버지는 강하고, 아버지는 약하며, 나는 아버지를 사랑하고,

나는 아버지를 미워하며, 아버지가 영원히 살았으면 좋겠고,

아버지가 내일 당장 죽었으면 좋겠다.”

데이비드 실즈는 그의 책《우리는 언젠가 죽는다》권두에 이렇게 썼다. 이 책은 2010년에 출판(문학동네)되었고, 내가 이 책을 처음 읽을 당시 내 아비는 살아 있었다.

녹차 일을 마치고 오면 이 책을 맥주와 섞어 마셨다. 나는 실즈의 말에 거의 동의하지만 딱 한 가지는 되돌려주고 싶었다. 살아생전 내 아버지가 강했는지 약했는지는 잘 모르겠고, 나는 단 한 번도 내 아버지를 사랑스럽거나, 웃는 얼굴로 쳐다본 적이 없다.

우리가 언젠가 죽든 말든 그와 나는 지독히도 닮은 같은 극이었다. 서로를 끝끝내 밀어낼 수밖에 없었다. 각자의 자리에서 각자의 밥벌이를 하며 각자의 영역이 섞이는 일이 없었다. 내가 밀려온 자리는 이 좁은 땅덩어리에서 그와 최대한 거리를 벌릴 수 있는 이곳 화개였다. 그 점에 있어서는 정말이지 땡큐다.

우려 마시는 녹차 ‘우라까이’

하동 녹차(화개와 악양)는 우수, 경칩, 청명과 곡우 등 24절기의 초반부를 차례로 책장 넘기듯 넘기면서 명전, 우전, 세작, 중작 등의 차를 내놓는다. 하동은 연간 1,200여 톤의 녹차를 생산한다. 화개와 악양 일대의 1,000여 농가가 800여 헥타아르에서 생산하는 양이다(매년 재배 농가 수와 생산량 통계치는 달라진다. 분명한 것은 갈

죽을 때까지
살아남기 위해서
죽자고 살아야 한다

수록 그 수치가 줄어든다는 사실이다).

이 양에는 명전, 우전, 세작, 중작뿐만 아니라 티백용 대량 채엽 녹차도 포함되어 있다. 물론 그 양에 내가 채엽한 녹차도 쥐꼬리만큼 섞여 있다. 나는 조금 뿌듯하다. 하동 녹차의 우수성을 알리는 데 나도 조금은 일조한 것 같다.

원전 사고로 인해 더 이상 일본의 녹차를 수입하지 못하게 된 모 커피 회사는 하동군에서 재배한 녹차를 사용하기도 했다고 한다. 하동군의 보도자료를 바탕으로 저 신문사가 기사를 쓰고, 이 신문사가 베껴 쓰고, 그 신문사가 베껴 쓴 것을 또 베껴 쓰고, 몇몇 블로그에서는 출처도 밝히지 않고 기사 내용을 통째로 담고 있다. 그리고 내가 다시 옮겨 적으면서 꼭 내가 조사한 것처럼 쓰고 있다.

'우라까이베껴쓰기'의 올바른 선순환 구조다. 별로 중요하지도 않은 내용을 우려먹을 대로 우려먹고 있는 것이다. 녹차는 두세 번 정도 우려마시는 것이 좋다.

죽기 위한 노동

녹차 작업은 5시에 시작한다. 박명의 시간이다. 모자란 빛 속을 우리는(녹차 채엽 작업팀은 적게는 5, 6명에서 많게는 8, 9명이 한 팀을 이룬다) 더듬거리면서 녹차 고랑에 들어선다. 서늘한 이슬이 바짓가랑이를 적신다. 한밤 내 맺힌 자연의 즙액이 서늘하게 몸에 감긴다. 정체 모를 풀벌레들이 아우성처럼 튀어 오른다.

녹차 밭은 끝도 모르게 펼쳐져 있다. 저 끝에서 안개가 녹차 고랑을 잘라먹고 희뿌옇다. 이 밭을 다 깎고 다음 밭으로 건너가야 한다.

시작 전 막걸리 한 잔을 마시고, 이 밭을 다 깎고 한 잔을 마시고, 다음 밭으로 건너가서 한 잔을 더해 마신다. 고된 어깨가 얇은 취기에 풀린다. 해가 떠오르면서 이슬이 마르고 몸에서 훈김이 오른다. 나는 취기가 가시지 않도록 짬짬이 마신다. 그래야 몸 쓰는 일이 서툰 초보 일꾼은 그다음 걸음을 뗄 수가 있다.

"걷는 것은 넘어지지 않으려는 노력에 의해서, 우리 몸의 생명은 죽지 않으려는 노력에 의해서 유지된다. 삶은 연기된 죽음이다."

실즈의 책에 인용된 쇼펜하우어의 말이다. 그의 말에 일면 동의하고, 일면 다른 생각이다. 그가 말한 죽음의 연기가 어느 철학자의 '연기'인지 불교의 '연기'인지, 연기는 연기인 것 같다. 생은 활활 타오르는가 싶다가도 어느 순간 연기처럼 사라져 대기로 돌아갈 것이므로(이 연기가 아닌가?).

다른 면은 죽지 않으려고 노력하는 것이 아니라, 죽자고 살아야 한다는 것이다. 죽을 때까지 살아남기 위해서, 죽을 때까지는 어쨌든 먹어야 하므로, 먹기 위해서는 벌어야 한다. 밥벌이 외에도 죽을 때까지는 공과금을 내야 하고, 국민연금과 의료보험료도 납부해야 하고, 술도 좀 마셔야 한다. 죽을 때까지는 밥과 밥 이외의 것들을 위해서 끊임없이 몸을 움직여야 한다는 자명한 사실을 죽기 살기로 잊어서는 안 된다.

이름에서 풍기는 피 냄새

"이름을 밝히기가 늘 싫었다. 자신의 이름을 입에 올릴 때마다 사람들은 신기하다는 눈빛으로, 혹은 당황한 눈빛으로 그녀의 얼굴을 보았다."

—《1Q84》, 무라카미 하루키

처음 만나는 사람에게 나는 늘 내 이름을 두 번 이상 말한다. 이름이 특이하기도 하고 무엇보다 발음하기가 무척 어렵기 때문이다. 그러다 보니 듣는 사람은 여지없이 한 번 더 내 이름을 묻곤 한다. 직장을 갖고 명함을 사용하면서부터 그런 번거로움이 많이 줄어들기는 했지만, 전화 통화로 나를 소개할 때는 여전히 어려움을 겪었다. 특히 정확한 이름이 필요한 금융기관이나 관공서와 전화 통화를 하다 보면 복장이 터질 것처럼 답답하다.

나만 답답한 게 아니라 저쪽에서도 그렇기는 매한가지다. 처음에는 사근사근했던 목소리가 조금씩 톤이 높아지고 그다음에는 대대장 앞에서 전입 신고하는 이등병의 관등성명 목소리로 바뀐다.

"아니요, 이응이 아니라 리을이요, 리을!"

"그러니까 아홉, 열 할 때 열이 아니라, 기역, 니은, 디귿, 다음 리을의 렬이라는 말씀이시지요?"

이런 식의 전화 통화는 수도 없이 겪은 터라 어느 정도 당연하게 여기지만 나는 그 당연함의 뻔뻔스러움이 얄밉다. 나도 다른 사람처럼 김철수나 이상훈 같은 한 번 말해 알아들을 수 있는 이름이었으면 하고 바라기도 한다.

특히 어른들에게 내 이름을 말해야 할 때는 더 곤혹스럽다. 눈치 빠른 젊은 사람들이야 전후 사정을 봐가며 내 이름을 짐작하지만 어른들은 대부분 그렇지 못하다. 자신이 듣고 싶은 대로 듣거나, 자신과 친숙한 무언가와 연관지어 내 이름을 새로 창작한다.

"일용이 왔냐? 밥은 묵었냐?"

중·고등학교 시절, 늘 붙어 다니던 친구의 어머니는 나를 그렇게 부르셨다. 일용이라고. 당시 한창 인기를 끌고 있던 <전원일기>의 일용이가 내 이름이 된 것이다.

하는 사업마다 족족 말아 먹던 그 시절의 일용이. 돼지를 키우면 돼지 값은 밑도 끝도 없이 떨어지고, 비닐하우스 농사를 하면 비닐하우스가 불에 타버리고, 새로 시작하는 일마다 '운빨'은 기대했던 결과의 반대편으로 기가 막히게 맞아떨어지던, 그 박복을 면하자고 딸의 이름을 복길이라 지었던 일용이.

그 일용이하고는 아무런 관련도 없이, 그 집에서 나는 일용이가 되어 친구의 일용할 양식을 헐어먹으며 거의 살다시피 했다. 일용이는 그렇게 우직하게 때론 다혈질적으로 질풍노도를 달리며 자신의 이름을 잊어버리고 싶었다. 그 시절 일용이는 이름 뒤에 숨겨진 진짜 이름이 진짜 싫었다.

나는 어디 어디 이씨, 무슨 무슨 파의 몇 대 손으로 태어났다. 그

땅거미가 내려앉으면 허공 중에 어둠이 걸리기 시작하고

산과 하늘의 경계가 조금씩 풀어져 박명 속에서 한 몸이 된다

문중에서 내 아버지는 둘째였고 나는 그 둘째의 첫째로 태어났다. 내가 태어나기 전까지 큰아버지는 아들이 없었다. 추측컨대 대를 이을 장손의 이름 자리를 비워두고 나의 이름이 정해진 것 같다. 누가 내 이름을 지었는지 물어보지도 알고 싶지도 않지만, 이름 지은 모양새는 삼월이 사월이, 갑석이 을석이 수준이다.

서수의 의미가 담긴 가운데 자와 각 대에 맞춰 돌려쓰는 항렬로 지어진 이름은 그나마 발음하기라도 쉬우면 다행이겠다 싶지만 그마저도 바랄 바가 못 되었다. 이름 세 글자에 쓰인 자음 중 한 자 빼고 모두 'ㄹ'로 이루어져 있다. 그래서 남 앞에서 이름을 말할 때는 온 힘을 다 기울여 'ㄹ'의 음가를 정확하게 전달해야만 한다. 그렇지 않으면 앞서 말한 대로 이름 하나로 상상의 대향연이 펼쳐지는 것이다. 일용이, 의열이, 을식이, 은영이, 열렬이가 향연의 대표작들이었다.

발음도 발음이거니와 이름의 구성 형태도 한쪽으로 편중되어 있어 도대체 균형감이라고는 찾아볼 수가 없다. 음양오행과 사주 이야기를 조금 하자면(오해하지 마시라! 사주명리에 대해서는 호박에 그려 넣은 수박 줄무늬만도 못한 수준이다), 내 사주는 신금辛金 일주에, 세 개의 '木'을 세 개의 '金'이 둘러싸고 있는 형국이다.

편중된 사주이고 고립된 팔자다.

목은 팔자의 천간天干과 지지地支에 지그재그로 버티고 앉아 금을 둘러싸고 있고, 금도 똑같은 형태로 그 목을 찍어내고 있는 판인데, 금의 날이 쥐좆만 한 수준이어서 팔자를 둘러싸고 있는 잡목림을 찍어내기가 역부족이다.

여기에 한술 더 떠 성씨에도 '목'이 있고 이름 가운데 자에도 '목'

이 떡 하니 박혀 있어 한마디로 만수산 드렁칡에 감겨 옴짝달싹 못하는 형국이다. 이름 지어주신 이께서는 이름자 가운데 목을 헤쳐 나올 수 있는 도끼날 하나 쥐어주든, 아니면 사주에 모자란 것 채우고 넘치는 것 깎을 수 있는 비보裨補(모자란 것을 채움) 글자 하나 앉혀주실 일이지, 어째서 목에 목을 쌓고 또 그 쌓은 목 위로 칡넝쿨을 칭칭 동여맸는지 백 번 노력해도 모를 일이다.

물론 이름을 이런 식으로 해석하거나 짓는 것은 아니다. 사주의 용신과 희신 그리고 격국을 따져 타고난 팔자를 보완하고 배가하는 것이 기본일 텐데, 그를 살피기 이전에 이름의 겉 꼬라지가 '나 삐뚤어질 테야' 하는 식으로 한쪽으로 쏠려 있는 꼴이다. 한마디로 작명의 불성실함을 짐작하지 않을 수가 없는 것이다. 삼월이 사월이, 돌쇠 마당쇠가 입 다물고 나앉을 판이다.

또 하나, 나는 이름에서 풍기는 혈족의 그 피 냄새가 싫다.

어느 가게의 무슨 항렬을 쓰는 몇 째인 누구.

내 이름에는 그런 가계의 정보가 고스란히 담겨 있다. 그 정보는 내 삶에 구석구석 개입해서 감 놔라, 배 놔라 참견과 다그침으로 흔들어댔다. 이름은 혈족 내에서의 의무를 인륜이라는 명목으로 강제했고, 나는 그 명목의 논리를 이해할 수도, 받아들이고 싶지도 않았다.

그래서 나이 마흔을 갓 넘겼을 즈음 이름을 바꾸기로 결심했다. 일단 혈족의 지문 같은 돌림자를 없애고, 평생을 '을'로 살아야 하는 낙인 같은 가운데 자는 이름을 지어주신 분의 불성실함을 기리기 위해 보존하고, 부계 계승의 가부장적 전통에 대한 고까움의 표시로 성씨를 '이'에서 '리'로 바꾸어보았다. 이렇게 기존의 이름에서 가장 많이(대부분) 사용된 자음의 소리를 그대로 빌어 '리을'이라 이름을 새로 지었다. 지었지만, 잘 사용되지 않았다.

내 본명은 발음하기에 힘들지만 혀에 익으면 떨어내기 힘든 홍어 맛 같은 것이었다. 만만한 '홍어좆'처럼 사람들은 여전히 나를 본명으로 호명했고, 새로 지은 이름은 내가 나에게 덧씌운 화장빨 같은 것이었다. 무엇보다 법적으로 개명절차를 밟지 않았으니 사람들에게 불러 달라 강제할 수도 없었다. 그렇게 '리을'이라는 이름은 잠시 묻어두었다.

화개로 귀촌한 이듬 해 여름, 나는 자주 시간을 뭉갰다. 밥벌이는 하루걸러 한 번이 다반사였고, 대부분은 여러 날을 거르고, 일없이 한 달을 채울 때도 있었다.

허기진 시간들이 무장무장 쏟아졌다. 창이란 창과 문이란 문을 모두 열어젖히고 벌렁 누워 계절의 출입을 엿보고 있었다. 집 안은 풋풋한 풀 비린내로 가득 헛배가 불러 있었고, 주방 쪽 창문으로 들어온 바람이 거실의 넓은 창으로 무단히 통과해 갔다.

바람은 주린 배에 냉수 마시기처럼 실없었다. 맞바람 밑에서 나의 시골살이는 허기가 졌다. 이제 냉수 마시고 속이라도 차려서 무엇이든 구체적이며 현실적인 밥벌이를 궁리해야 했다.

"식당을 차리자!"

저녁 밥상, 텃밭에서 솎아온 상추쌈을 싸다가 된장 찍은 땡초 대신 뜬금없는, 근거 없는, 책임 없는 말을 볼이 미어져라 욱여넣다 뱉었다.

생각만 해도 그 계획에는 감칠맛이 돌았다. 조그마한 식당을 하나 여는 거다. 밥집이라 쓰고 술집이라 불러도 무방한 19금 놀이터이면서 식당. "인생은 빈 술잔 들고 취하는 것"이라는 실없는 유행가를 안주 삼아 술 한 잔에 세월을 퉁칠 수 있는 곳. 산삼 깍두기, 불로초 골뱅이무침, 봉황 알찜을 주메뉴로 하고 재료가 없으면 김치말이국수에 막걸리를 강매하는 식당. 간혹 술 취한 김에 지리산 어디 즈음에서 우화등선을 꿈꿔볼 수도 있는, 상선약수上善若水의 지극한 도道를 텃밭에서 기른 상추에 쌈 싸 먹을 수 있는 곳.

월화수목은 식재료 수급에 총력을 다하고 금토일만 영업하는 곳. '먹고살 만'의 임계치를 절대로 넘어서지 않는 그런 밥집을 하고 싶었다. 아내는 망하려고 지리산 산신령에게 치성을 드리는 계획이라고 일갈했다. 밥집 이름은 자연히 '김토일 식당'이 되었다.

상호명이 그러하므로 내 이름도 김토일이어야 마땅했다. 계획이 구체화될수록 바뀐 이름에 생기가 붙었다. 어느새 화개 사람들은 나를 김토일이라 부르기 시작했다. 지난한 가족사가 팻국물처럼 절어 있던 본명이 조금씩 꽁무니를 뺐다.

김토일 식당은 아직도 오픈을 못한 채 허명으로 희미해지고 있지만 김토일이라는 새로운 이름으로 월화수목 금토일 밥벌이에 총력을 다하고 있다. 예전처럼 허기진 시간이 무장무장 쏟아지지는 않으나 화개의 바람은 달고 시원하며 변변찮은 밥벌이의 짠함은 여전하다. 오늘의 김토일은 화개에서 전원일기를 쓰면서 자빠져 있다.

말 같잖은 소리 1

화개로 내려와 사고무친, 고립무원 같은 처지에서 두 사람을 만났다. 그들은 부부였다. 두 사람은 수령이 백 년 가까이 된 벚꽃 길 한옆구리에서 조그마한 커피숍을 운영하고 있었다. 커피숍 위는 그들이 생활하는 가정집이었다.

조그마한 이층 건물이 벚꽃으로 부풀어 오른 길옆에 검푸른 열매처럼 매달려 있었다. 꽃철마다 가게 앞마당은 연분홍색으로 넘실거렸다. 바람이라도 살짝 불라치면 온 사방 꽃잎으로 붕 떠오르는 듯한 느낌이 들었다. 그 모습을 바라보고 있는 사람조차 지상에서 한 1미터 정도 떠오르는 것처럼 속세와 선계의 경계가 흐릿해지는 듯 멍해졌다. 커피 값 대신 넋을 놓고 와야 할 판이었다.

두 사람은 나와 연배가 비슷했다. 생각하고 행동하는 모양새도 나와 비슷하게 겹쳤다. 무작정 시골행을 선택한 나는 초기에 별로 할 일도 없고 해서, 그들과 수시로 어울렸다. 커피숍이 문을 열기 전에도, 커피숍이 영업 중에도, 커피숍이 영업을 끝내고도 우리는 만나서, 만남을 핑계로 술자리를 벌였다. 그렇게 벚꽃이 흐드러지고 사방으로 깔리고, 수시로 바람에 흩날리는 곳에서의 술자리는 두말없이 선계였다.

이 부부가 운영하는 커피숍의 이름은 '어린 왕자'였는데 정말이지 두 사람에게 딱 들어맞는 가게였다. 남자는 항상 모자를 쓰고 다

이 동네에서는
구름과 안개가 한집살이를 하며
내외가 없다

넸는데(단 한 번도 모자 벗은 모습을 본 적이 없다) 미대 출신으로 손재주가 보통이 아니었다. 가게와 집을 자기가 설계하고 시공까지 직접 했다 한다. 만듦새가 보통이 아니었다. 뿐만 아니라 집 안팎으로 고치고 만드는 데 있어서 그의 재능은 정말이지 탁월했다.

그러나 그런 능력에 비해 평소의 모습은 어딘가 모르게 좀 엉성하고 세상 철모르는 어린아이 같았다. 반면에 여자는 언제나 당당한 모습으로 허리에 칼이라도 하나 차고 있는 듯한 자신감을 보여줬다. 턱을 살짝 든 모습으로 마을의 대소사에 관여하고, 주변의 지인들을 살뜰하게 챙기며 그들 사이에서 지대한 영향력을 발휘하곤 했다.

하여, 둘의 이미지가 남자는 '어린' 쪽에, 여자는 '왕자' 쪽에 가까웠다. 그렇다고 커피숍이 뭐 소행성 B612 역할을 하는 것은 아니었지만 '어린'과 '왕자'의 결합체인 그들의 아들은 완전한 '어린 왕자' 이미지 그대로였다. 부스스한 머리에 발그레하게 볼록한 볼 그리고 총총거리며 뛰노는 모습을 보면 무자식이 상팔자라는 내 인생 철칙을 급수정하고 싶어지기도 했다. 그들의 그런 모습이 부러웠다.

"이 집 짓는 데 얼마나 걸렸어?"

나는 어린(나는 남자를 '어린'이라고 불렀다. 물론 마음속으로만)에게 집을 가리키며 절대로 부럽지 않은 듯 물었다.

"몰라, 한 2년? 돈 생길 때마다 자재 사서 조금씩 지었어."

그는 모자 위로 머리를 벅벅 긁어대며 맥주잔을 홀짝거렸다.

"그럼 집짓기 전까지는 어디서 살았고?"

"으응, 저 옆에 동네 이모가 땅을 빌려줘서 컨테이너 하나 놓고 살았지."

먼 산에
눈발 자분거리다가
손바닥 뒤집듯
구름이 꽃비를 몰고 오는데……

다시 모자 위를 긁적거리며 맥주를 마시는 그의 모습 뒤로 이층 목조 건물이 벚꽃 속에 파묻혀 도드라졌다.

그래서 나도 집을 짓기로 마음(만) 먹었다. 내가 원하는 집은 한 400평 정도 되는 마당에 푸른 잔디를 심고, 가장자리로 단풍이며 꽃나무며 유실수며 손대지 않아도 쉽게 자라는 정원수를 심고, 그 나무 위로 계절마다 갖가지 종류의 새들이 날아와 지저귀고, 본채는 크지도 작지도 않은 이층 건물에 일층은 널따랗게 거실을 두고, 화개의 풍경을 온전히 다 끌어들일 수 있을 정도로 커다란 창을 내고, 한편에 묵직한 화목 난로가 있는 듯 없는 듯 자리하고, 한쪽 벽면 전체를 책으로 뒤덮을 수 있는 책장을 만들고, 몸 차가운 아내를 위한 구들방을 놓고, 이층에는 나만을 위한 서재를 마련해서, 정면에 액자 같은 창을 만들어 사시사철 그림처럼 걸어두고, 그 아래 내가 심각한 작업을 하는 척할 수 있는 책상을 놓고, 좋아하는 음악을 바이널로 들을 수 있게끔 오디오 시스템을 갖춘, 간혹 환한 달빛이 스미는 창가에서 아내와 와인 잔을 기울이면서 일상의 소소한 매듭들을 풀어가는 그런 밤이 있는 집.

말 같잖은 소리.

밑도 끝도 없는 상상은 애초에 하지 않는 게 정신건강에 더없이 좋겠지만 그보다 당장에 한 칸짜리 판잣집 지을 돈도 없다는 현실 인식이 나에게는 더 치명적이었다.

땅 살 돈은 물론이고 쥐뿔도 없이, 그때부터 화개를 구석구석 돌아다니기 시작했다. 마음에 드는 자리가 눈에 띄면 허공에 집을 그려보았다. 이렇게도 앉혀보고 저렇게도 앉혀보고 땅 주인 허락도 없이 생각 속에서 수없이 짓고 허물고를 반복했다. 맞은편 산에 올라가서 그 터를 바라보기도 했다. 하루 내내 해가 어떻게 뜨고 지는지도 따져봤다. 물론 땅 주인이 그 땅을 팔 거라는 확신도 없이, 더구나 판다고 해도 살 돈도 없이 헛물만 있는 대로 켜며 화개를 들쑤시고 돌아다녔던 것이다.

해가 지면 결국 '땅은 많고, 돈은 없다'는 결론을 다시 한 번 확인하고 맥주 몇 병 사 들고 '어린 왕자'로 찾아 들었다.

"이봐 '왕자' 씨, 소행성 하나 빌려줄래?"

"뭔 말 같잖은 소리?"

왕자 씨(나는 여자를 '왕자' 씨라 불렀다. 물론 마음속으로만)는 나는 따라주지도 않고 자신의 컵에 한가득 맥주를 따라서 벌컥거리며 마신다. 그러고는 남의 속도 모르고 만면에 웃음 가득하다. 벚꽃처럼.

말 같잖은 소리 2

누구나 집 지을 만한 땅이나 집 하나쯤은 가지고 있는 거 아닐까. 여기저기 보이는 것이 집이며 땅이니까 하는 말이다.

화개로 내려와 얼마 후, 꽃비가 내리는 날이었다. 꽃철도 끝 무렵이라 길에서 사람들도 점차 지고 있었다. 더군다나 평일. 벚꽃은 부는 바람에 흩날리고, 내리는 비에 치여서 동네의 지붕에, 새로 돋아난 풀 위에 그리고 길바닥에 전신만신全身滿身으로 뿌려지듯 깔렸다. 빗물이 만든 조그마한 도랑에서는 꽃줄기가 흐르고 있었다. 길거리 쪽으로 얼굴을 내민 상점의 유리창마다 꽃잎이 들러붙어 한 계절을 하직하는 상여 같았다.

그렇게 계절이 지고 연한 초록을 앞세워 새로운 계절이 발을 들이미는 때. 그날도 여전히 땅 보러 다니느라 화개 이곳저곳을 돌아다니다 지쳐서 맥주 서너 병 사 들고 '어린 왕자'에 발을 들이밀었다.

"어, 왔나?"

'어린'은 의자에 다리를 꼬고 앉아 커피 한 모금을 막 마시려던 차였다. 그의 꼰 다리가 유난히 가늘어 보였다. 어린 피노키오의 다리 같았다. 앞자리에는 뒷모습을 한 중년의 여자가 앉아 있었다.

"이모! 이 친구 땅 하나 알아봐주이소."

'어린'은 중년의 여자에게 대뜸 내 땅 얘기를 꺼냈다. 나는 무심결에 인사를 하는 둥 마는 둥 그녀의 뒤꼭지에 대고 고개를 끄떡했다.

중년의 여자는 들고 있는 커피 잔을 내려놓으며 나를 돌아보았다. 여자는(아니 아주머니는, 아니 이모라고 해야 옳겠다. 이 동네에서는 조금이라도 안면이 있으면 여자는 이모, 남자는 삼촌으로 통한다. 제주의 '순이 삼촌'처럼) 퉁퉁한 체형에 문신을 한 짙은 눈썹 밑으로 동그란 눈을 하고는 나를 바라보았다. 내 얼굴에 와닿는 시선이 굵직하게 느껴졌다. 어디서건 안면이 있는 얼굴이었다.

"아아, 어데서 한번 봤는갑다. 동네가 쫍으이……."

여자는 아니 이모는 나를 보며 새빨간 립스틱 같은 알은체를 했다.

"네, 저도 오며 가며 몇 번 뵌 적이 있는 것 같네요."

나도 그 새빨간 립스틱 웃음에 답례를 했다. 나중에 안 사실이지만 이모는 가탄 마을에서 펜션을 운영하며 틈나는 대로 땅이나 집을 소개하는 일도 겸하고 있었다.

"땅 필요한 갑제? 와, 집 지을라꼬?"

사투리가 녹진하게 섞인 질문이 연속적으로 치고 들어왔다. 이모는 나를 바라보는 눈빛이 반짝거렸고 나는 이모가 알고 있을 땅의 정보가 궁금했다. 그렇게 해서 그날로 이모를 따라나서게 되었다.

화개 여기저기를 돌아다니는 건 나 혼자 때와 매한가지였으나 살 수 있는 땅과 살 수 없는 땅, 집을 지을 수 있는 땅과 그렇지 않은 땅을 구분해서 다녔다.

이모의 활동 범위는 매우 넓었다. 화개 골짜기가 시작하는 탑리에서부터 끝나는 범왕까지 땅에 대한 이모의 정보력은 나에 비할 바가 아니었다.

그렇게 며칠을 두고 돌아다녔다. 이모는 자신의 본업을 제쳐둘

정도로 내게, 아니 땅에 최선을 다했다. 그러면 그럴수록 나는 슬슬 겁이 나기 시작했다. 좋은 땅을 찾는다고 해도 내게는 그 땅을 살 돈이 없었기 때문이다. 이러다 진짜 마음에 드는 땅이 나타나면 어쩌지 하는 생각마저 들었다. 찾고도 싶었고 안 찾고도 싶었다.

이제 막 지기 시작한 벚꽃 길이 화개천변을 따라 저속으로 달리고 있었고 마을들은 그 길을 이쪽저쪽 넘나들면서 웅숭깊게 자리 잡았다. 마치 화개천 줄기에 매달린 오래된 열매들 같았다. 그런 마을들을 차창 너머로 보고 있자니 어디든 괜찮겠다는 생각이 들기도 했다.

지리산의 품에 푹 안겨 있는 마을의 모습은 어디랄 것도 없이 모두 살 만한 자리처럼 보였다. 아직까지는 외지인인 내 눈에 비친 그런 마을은 마냥 아름답게만 보였기 때문이었다.

그러나 다행인지 불행인지 마음에 드는 땅은 쉽사리 보이지 않았다. 화개는 좁은 골짜기 가운데로 천을 품고 있어서 넓고 평평한 땅을 보기가 어려웠다. 좀 넓은가 싶으면 바위투성이였고 평평한가 싶으면 좁았다. 사방이 산으로 막혀 있어 해가 짧았고, 기슭이 가파르고 물이 빨라서 고이지 않았다.

'다른 땅 없어요'라고 말할 때마다 이모에게 왠지 미안했다. 이모는 싫은 표정 없이 다음 땅으로 그리고 또 그다음 땅으로 나를 안내했다.

"침점에 땅 났다 카는데 함 가보자."

점심때가 다 된 오전에 이모에게서 전화가 왔다. 창밖의 화개 풍경이 봄 햇살에 들썩거리고 있었다. 이제 여름이가 싶을 정도로.

마을의 입구에 수령을 헤아릴 수 없는 커다란 홍매화 나무가 아직도 꽃을 달고 붉게 서 있었다. 멀리서 보면 마치 마을을 강조하기 위한 붉은 방점 같기도 했다. 이모는 우선 매물로 나왔다는 땅으로 차를 몰았다. 진입로가 좁으면서 가팔랐다. 처음 운전해서 올라갈 수 있을까 싶기도 했다. 그러나 이모는 능숙한 운전 솜씨로 길을 차고 올라갔다.

한 고개를 넘는 순간, '턱' 하고 사방이 환한 평지가 나타났다. 마치 짙은 구름을 뚫고 쏟아지는 빛줄기가 머무는 자리 같았다. 두말 없이 '여기구나' 싶었다.

땅은 정동향으로 탁 트여 전경을 고스란히 받아들이고 있었다. 이제 막 잎을 매달기 시작한 한정 없이 높은 미루나무가 산들바람 속에서 허공을 휘휘 쓸고 있었다. 땅에는 녹차가 심겨져 있었다. 푸르디푸른 녹찻잎이 노곤한 봄 햇살 속에서 수만 개의 손바닥으로 박수를 치는 듯한 착각이 들었다.

찾았다!

옆에 누가 있다는 것도 잊은 채 나는 그 땅에 안겨 먼 산을 넋을 놓고 바라보았다. 마음이 안온해짐과 동시에 저몄다. 만족스러우면서도 허허한 느낌이 들었다. 그림의 떡이었다.

이모에게 땅이 마음에 든다는 내색은 하지 않고(아마 이모도 눈치챘을 것이다) 헤어져서 무력감 비슷한 분위기에 젖어 돌아오는 길이었다. 뜬금없이 녹차 밭에 말 한 마리가 묶여 있는 걸 봤다.

'녹차 밭에 웬 말?'

나는 말 근처로 쭈뼛쭈뼛 다가갔다. 언제 봐도 말이라는 동물은 경이롭고 아름답다는 생각을 하며 찬찬히 훑어봤다. 쭉 뻗은 다리와 허벅지에서 엉덩이 쪽으로 이어지는 자잘한 근육, 빗질이 잘돼 있는 갈기 그리고 머리를 함부로 돌렸다가는 툭 굴러떨어질 것 같은 왕방울만 한 두 눈, 그 사이에 손바닥만 한 하얀 점이 있는, 잘 관리된 검은 말이었다.

알고 있던 보통의 말 이미지 그대로였으나 어딘가 모르게 전체적으로 작아 보였다. 어린 말 같지는 않은데 비율 그대로 한 80퍼센트 정도 축소한 느낌이었다. 나는 경계심을 늦추지 않고 입 가까이로 손을 쭉 뻗어보았다.

"꿀꿀꿀……."

엇, 이게 무슨 소린가. 말이 '히히잉'이 아니라 '꿀꿀꿀'? 나는 의심스러워 '너 지금 뭐라고 그랬니?' 하고 알아듣지도 못할 말을 말에게 했다. 그러고 나서 다시 갈기 쪽으로 손을 뻗었을 때 정확하고 또박또박한 그 소리를 다시 한 번 들었다.

"꿀, 꿀, 꿀!"

이 무슨 말 같잖은 소린가!

말은 구례의 경마 연습장으로 옮겨지다가 수송 차량에 문제가 생겨 잠시 녹차 밭에 묶여 있었던 것이다. 말 같잖은 말을 하는 말을 남겨두고 돌아오는 길. 해가 뉘엿뉘엿 지고 있었다. 지리산이 드리운 산 그림자가 마을마다 짙게 깔리기 시작했다.

뜬금없이 '이 지리산이 나를 이물스럽게 여겨 툭 뱉어버리는 건 아닐까' 하는 생각이 들었다. '네가 살던 곳으로 돌아가라, 이곳에 네가 머물 땅은 없다'며 나를 밀쳐내지 않을까 싶었다. 진득한 화개 사투리에 섞이지 않는 이방의 내 말투가 지리산을 등에 업고 사는 이곳 사람들에게, 혹시 엉뚱한 곳에 발을 들여놓고는 말 같잖은 말을 늘어놓는 말처럼 여겨지지 않을까 하는 생각이 들었다.

생각해보면 말이 '꿀꿀'거릴 수도 있지 않은가. 사람이 '엉엉' 혹은 '하하' 한 소리만으로 울고 웃지 않듯이.

시간은 황구렁이처럼
느리게 느리게 집을 지었다

방바닥에 햇살 한 조각이 떨어져 있었다. 살짝 열린 창호 문틈으로 비집고 들어온 가을빛이 방바닥에서 누렇게 익어가고 있었다. 군불로 시커멓게 변한 장판지 위에서 나는 얼룩처럼 누워 있었다.

아직 열이 내리지 않은 걸까. 천장이 여전히 빙글거리고 벽은 쏟아질 것 같았다. 벽을 피해 몸을 바꾼 햇살이 옆으로 조금 비껴서 깔렸다. 그 속에서 미세한 먼지들이 나풀거리고 있었다. 먼지는 빛을 막지 않아 그림자가 없었다. 열에 들뜬 내 희미한 입김에도 먼지들은 허청 솟아올랐다가 다시 나풀거렸다.

방 밖에서 바람이 가을 햇살을 쏴아아 몰고 다니는 소리가 났다. 소리가 미백의 창호 위에 그림자로 일렁였다. 댓바람 소리가 천 갈래 만 갈래로 갈라져 머릿속에서 채찍질을 해댔다. 할아버지의 서책들이 가는 눈을 뜨고 나를 내려다보고 있었다. 무서웠다. 할머니가 빨리 돌아왔으면 하고 나는 모로 누워 햇빛 속의 미세한 먼지들을 하릴없이 지켜보고 있었다.

할머니와 외삼촌은 아직 가을걷이 들판에서 돌아오지 않았다. 해 질 무렵 나를 걷어줄 사람은 아무도 없었다. 텅 빈 집에 혼자 누워 들뜬 열에 감자알처럼 끄응끙 익어가고 있었다. 나를 품은 이 집도 주춧돌 위에서 옆으로 기울어져 있었다. 300년을 버텨온 무릎이 꺾이기 일보 식전이었다. 초가지붕을 뒤집어쓰고 집은 이따금 삐걱거

리며 앓은 소리를 냈다.

그때마다 천장에서 무언가 바스락거리는 소리가 나는 것도 같았다. 오랜 세월 열리지 않았을 저 천장 속에 무엇이 있을지 나는 무서우면서도 궁금했다.

"할아버지 천장 위에 뭐가 있어요?"

할아버지에게서 땅콩사탕을 받아먹을 때마다 나는 묻곤 했다. 할아버지는 아무 말도 들려주지 않으셨다. 황구렁이 같은 시간은 느리게 아주 느리게 지나갔다. 지방 문화재라는 이유로 관청에서는 무분별한 수리를 불허했다. 여러 차례 수리 요청을 했으나 분별 있는 공무원들은 고가古家가 짊어지고 있는 세월의 무게를 분별하지 못했다.

내 유년의 첫 집은 그다음 해 찾아온 태풍에 무너지고 말았다. 300년의 가풍이 납작해졌다. 천장 속에 무엇이 있었는지 나는 직접 확인하지 못했다. 내용을 알기 어려운 고서들과 도자기들이 몇 점 나왔다는 얘기를 한참 후에 엄마로부터 들었다.

몇 해 지나지 않아 내용을 알 수 없는 병명으로 외할아버지도 쓰러져 다시는 일어나지 못하셨다. 할아버지의 서책들은 더 이상 펼쳐지지 못하고 종이값만 받고 팔려나갔고, 기둥뿌리들은 땔감으로 사용됐다. 문중의 장손이었던 외삼촌은 300년의 세월을 감당하지 못했다. 집을 둘러싸고 있던 대숲만 바람에 멱살을 잡힌 채 쏴아아 쏴아 목청을 놓았다. 그리고 다시 시간은 황구렁이처럼 느리게 아주 느리게 흘러갔다.

아버지가 열사熱沙의 땅에서 수년간 일한 대가로 우리 가족은 최초의 집을 살 수 있었다. 그 당시 나에게 사우디아라비아라는 나라는 집과 석유로 등치되었다. 그때가 중학교 1학년 때였다.

마당이 있는 집. 화단이 있는 집. 허리께쯤 오는 꽃나무가 있고 (아마도 철쭉이었던 것 같다), 라일락이 있고, 목련 나무가 있는 집이었다. 빚은 없었다. 오로지 뜨거운 모래를 파고 또 파서 일군 집은 아버지의 자부심이 되었다.

이사하던 날, 시골에서 친척들이 모두 올라왔다. 너른 집 안이 금세 비좁아졌고 음식 냄새와 사촌들 떠들어대는 소리가 빼곡했다. 큰아버지와 작은아버지들은 아버지의 근면 성실을 추켜세우면서 엄마의 피눈물은 술상 위에 올리지 않았다. 아버지와 아버지와 또 아버지들이 빈 술병을 자꾸만 만들어냈다. 아버지의 자부심은 모래를 기반한 것이었고 집은 이미 내 나이의 세 배 정도 돼 있었다. 이후, 비가 자주 샜고 바람은 창문 틈으로 수시로 드나들었다.

우리 가족이 집을 마련하기 전에는 일 년에 한 번씩 전세방을 옮겨 다녀야 했다. 이사는 그 동네에서 그 동네로 이동 둘레를 넓히지 않았다. 이사를 해도 오늘의 친구는 역시 어제 그 친구였다. 옮긴 방은 옮기기 전의 그 방과 똑같은 구조였다. 일명 '삼십만 단지'라는 서울 화곡동 일대의 주택 조성 사업은 대부분의 집 구조를 별다르지 않게 찍어냈다. 집들의 어깨와 어깨가 비좁게 맞대고 있어 햇볕이 드는 방이 별로 없었다.

셋방은 여름엔 어둡고 더웠으며, 겨울엔 어둡고 추웠다. 방은 그늘졌으나 나와 동생 그리고 엄마가 살기에는 충분했다. 자주 들어오지 않던 아버지가 들어오는 날은 방은 조금 더 어두워졌으며 비좁게

달과 해의
출입처가 같아서
동산은
아침저녁으로 붉거나 푸르다

그믐에도 달은 사라지지 않는다
흐린 날에도 해는 뜬다
희망은 간혹, 때때로, 느닷없이
눈에 보이지 않는다

움츠러드는 것 같았다. 그런 날 밤이면 벽 쪽으로 돌아누워 이불 속에서 아버지가 좀 더 자주 들어오지 않도록 해달라고 빌었던 것 같다. 얼마 후 아버지는 열사의 땅으로 떠났다.

그 집에서 나는 삼십대까지 살았다. 학창 시절의 흔적이 고스란히 담겨 있던 집. 내가 학년이 높아질수록 천장은 낮아졌다. 비가 새던 지붕은 천장의 한쪽을 끝내 주저앉혔다. 밤마다 우르르 몰려다니던 쥐들이 사라졌다. 아버지가 사라졌다. 원인 모를 분노가 내 속의 천장을 자꾸만 치받았다. 무언가가 매일 주저앉는 것 같았다. 커다란 거울을 주먹으로 휘갈긴 날, 나는 과거의 사진을 모두 태워버렸고 손에 피 얼룩을 남겼다. 쉬이 지워지지 않는 얼룩이 그 집 지붕 위에 먹구름처럼 떠 있는 것 같았다.

쥐 떼가 사라지고 아버지가 사라졌다. 이불을 뒤집어쓰고 빌던 소원을 이루었지만 나도 곧 그 집을 떠났다. 집을 팔고 나올 때까지 엄마는 여전히 그 집에서 화투패로 오늘의 운세를 뗐다. '서방 복 없으면 자식 복 없다' 화투패는 늘 같은 괘였다.

화개로 내려오자마자 집을 짓지는 않았다. 아니 못 지었다. 지을 땅은 물론 지을 돈도 없었다. 처음 얻은 거처는 개울 옆의 조그마한 쪽방이었다. 습한 날이면 여지없이 커다란 지네가 내 궁색한 시골살이를 더듬었다. 셀 수 없이 많은 근심의 발들이 나를 그 방에서 쫓아냈다.

어렵사리 반지하 원룸을 다시 얻었다. 창문을 열면 화개의 푸른 녹차 밭 전경이 방으로 쏟아져 들어왔다. 바람 불 때미다 녹차 향이 누추한 방을 한껏 부풀렸다. 볕 좋은 날이면 녹차나무 위에 이불을

널어 말렸다. 그 방에서 습한 나의 시골살이도 조금은 말릴 틈이 생겼다. 그리고 닥치는 대로 일을 했다. 화개 사람들도 힘들어서 쉬이 하지 않는 녹차 채엽 일을 시작했다. 고된 노동에 숨이 턱밑까지 차올랐지만 볕 잘 드는 반지하 방에 누워 나는 나를 말렸다. 화개 생활이 꼬득꼬득 야물어지기 시작했다.

그리고 몇 년이 지났다. 이제는 살 것 같았다. 화개에서 살아보려고 버둥을 치던 내 노력과 주변에서 맺은 인연의 힘과 지리산 산신령의 전입 허가가 보태져, 이제는 눌러앉아도 될 것 같았다.

가진 것 없는 처지에 처가의 신용을 빌려 건축 비용을 마련했다. 수년 동안 머릿속에 담겨 있던 집에 대한 생각들이 간단한 스케치로 이어졌다. 아내의 바람을 담고 나의 바람을 담았다. 이슬 피할 지붕만 있어도 만족할 것 같던 바람들에 바람이 들어 너무 거대해지기도 했다. 그 바람들이 지리산의 산세에 누가 되지 않기를 바라면서 건축 계획을 조목조목 건축했다. 건축 과정에 대한 정확한 매뉴얼이 필요했다. 비용이 넉넉하지 않았으므로, 그래서 한 푼이라도 아껴야 했으므로, 결론적으로 직영 공사를 선택해야 했다. 주변 지인들의 경험을 빌리고, 전문가들의 조언을 강제하고, 인터넷에서 집짓기에 관한 온갖 정보들을 쓸어 담았다. 완벽한 계획이라 스스로 다독거리면서 톱으로 못을 박는지, 망치 대신 머리를 쓰는지도 모르는 나는 드디어 첫 삽을 떴다.

부디 삽질이 되지 않기를 바라면서.

7개월 동안의 기나긴, 하루가 10년 같은 공사를 끝내고 완공 승인을 받던 날, 나는 속에서 올라오는 무언가를 자꾸만 꾸욱꾸욱 눌렀다. 공사 도중, 계획에 없던 일들은 봄철 고사리순 돋듯 여기저기서 솟아올랐다. 바로 해결을 보지 않으면 문제가 사고가 되고, 사고가 절망이 되었다.

너무 지쳐 넋을 놓고 있으면 어린 시절 열에 들떠 외가에 혼자 누워 있던 생각이 났다. 늙은 짐승의 뱃속 같던 그 방에 소화되지 않고 남아 있는 이물들이 꿈틀거렸다. 속을 알 수 없는 천장이 생각났다. 고서들의 내용과 행방이 궁금했다. 그리고 300년을 버텨왔던 시커먼 기둥들을 떠올렸다.

아직 외장을 다듬지 않은 집을 보고 있으면 그 옛날 화곡동의 삼십만 단지가 떠오르기도 했다. 페인트를 칠하지 않은 보루꾸(블록) 담장, 그 사이 흙먼지 이는 골목길에는 각각의 지붕을 타고 흘러내린 햇살이 넘실거렸다. 첨벙거리며 바람처럼 골목을 휩쓸고 다녔던 나와 나와 나들이 켜켜이 쌓여 지금 나의 집을 짓고 있는 거라고 생각했다. 세월은 황구렁이처럼 느리게 아주 느리게 흘러서 지리산 화개의 단단한 반석 위에 집을 짓고 있었다.

2
혹등고래
한 마리와

허들 넘는
지렁이

지렁이 허들 넘기

2018년 여름이 시작될 무렵 집을 짓기 시작했다. 이른 장마가 어슬렁거릴 때였다. 초록이 지천이어서 초록 아닌 것들이 더 도드라져 보였다. 초록의 한 부분을 헐어내고 그 자리에 시멘트를 들이붓기로 했다. 계획은 주도면밀해 보였지만, 많은 부분이 어설펐고, 시작하는 것마다 애초의 계획과 달라졌다. 공사는 설계도대로 진행되지 않았다. 내가 과연 집을 지어낼 수 있을까 하는 의심은 싹을 틔우고, 숲을 만들고, 종래에는 밀림처럼 우거졌다.

이 미지의 영역에 피어나는 의심들을 헤쳐나갈 잘 벼린 정글도 같은 것은 나에게 없었다. 오로지 맨땅에 헤딩하는 자세로, 닥치는 문제점들을 닥치는 대로 각개격파하는 수밖에.

나는 늘 밑그림부터 그려왔다. 그려진 밑그림은 완벽해야 했다. 그래야 첫발을 떼는 데 두려움을 덜 수가 있었다. 한 번도 손대지 않은 영역은 더욱 그러했다. 그렸다 지우고, 지웠다 그리고를 수없이 반복하고, 아예 새로운 판에 다시 그릴 때도 많았다.

집을 설계하는 과정 역시 두말하면 잔소리였다. 근 2년을 그렸다. 그리는 과정에서 나는 나를 다독거렸다.

"밑그림이 완벽하면 어떤 어려움도 이겨낼 수 있을 거야."

내가 그린 그림이 설계사에게 전달됐고 설계사는 그 그림을 바탕으로 도면을 그렸다. 완성된 도면을 받아 들었을 때 그것은 꿈의

지도였다. 지도만 따라가면 꿈은 쉽게 이루어질 것 같았다. 귀촌 5년 만에 드디어 화개에서 비빌 언덕이 생기는구나 싶었다.

건물이 들어앉을 자리를 고르고 다졌다. 널찍하던 녹차 밭이 순식간에 황토 흙바닥으로 변했다. 이 자리가 내가 들어앉아 인생의 후반기를 도모할 자리구나, 하는 생각에 나는 잠시 겨웠다.

다져진 집터 너머에서 초여름의 전경이 넘실거렸다. 저 풍경을 집 안으로 끌어들이리라. 계절마다 옷을 바꿔 입을 풍경을 위해 나는 널찍한 거실 창을 준비해두었다. 계절의 매무새가 돋보이는 곳마다 풍경을 들일 창을 걸었다. 그 준비와 계획을 설계도면은 밀리미터 단위의 수치로 꼼꼼하게 담고 있었다.

완성된 집의 내부는 사계절 내내 지리산의 한 자락을 끊어내어 화사하게, 싱그럽게, 수수하게, 새하얗게 담을 것이었다. 그 속에서 나는 안온하기를 바랐다.

그러나 정밀하게 설계된 계획들은 보이지 않는 무수히 많은 틈을 가지고 있었다. 틈 사이에 빗물이 고이고 흙이 쌓이고 이름 모를 풀씨들이 날아와 예상에도 없는 것들이 자랐다. 빈틈을 파고들어 자라는 것들의 뿌리는 계획의 본체에 금을 내기도 했고, 반대로 엉성한 계획을 다잡아주기도 했다. 때론 원본보다 더 멋진 사본을 만들어주기도 했다.

전자든 후자든 계획에는 없던 우연의 꽃이었으며 열매들이었다. 설계되지 않은 것들은 그것이 꽃이든 열매든 모두 의심스러웠다. 나는 예기치 못한 것들 앞에서 갈팡질팡했다. 취할 것인가, 버릴 것인가. 도면 속에는 해답이 없었다.

터 파기를 위한 첫 삽을 뜨자마자 부술 수도 파낼 수도 없는, 말 그대로 집채만 한 바위가 중장비 삽날에 걸렸다. 설계도에는 없는 바위였다. 그러므로 설계도에서 방법을 찾을 수가 없었다. 현장에서 해결을 보아야 했다.

현장 경험이라고는 지렁이 터럭만큼도 없는 내가 돌발 상황을 순발력 있게 해결해내기란 지렁이 허들 뛰는 소리와 같았다. 그러나 이런 일에 이골이 난 일꾼들에게는 너무도 간단한 문제였다. 그들의 해결책은 바위를 있던 자리에 있던 대로 묻고 그 위에 집을 올리는 것이었다. 그러자면 설계도가 변경되어야 했다. 바위 하나로 설계도 의 많은 부분이 수정되어야 했으나, 바위를 파내는 것의 백분의 일, 천분의 일도 안 되는 수고였다. 백분의 일, 천분의 일도 안 되는 일을 두고 나는 고민하고 좌절하고 찔끔거렸다.

터 파기를 담당하던 구례 건축사 사장은 구들방이 들어앉을 자 리를 설계도의 수치보다 30센티미터를 더 팠다. 판 자리에 이미 시 멘트를 붓고 양생이 끝난 다음에야 그 사실을 알았다. 설계도에는 한 치의 오차 없이 그려졌던 것이 현장에서 엉뚱하게 시공된 것이었 다. 나는 다시 찔끔거리며 고민하기 시작했다. 설계도의 수치대로 해야 하나, 아니면 저 깊이대로 진행해도 될까? 판단이 서질 않았다. 경험만 수십 년일 터인 건축사 사장이 이런 실수를 할 수 있다는 것 이 이해가 되지 않았다. 그러나 문제 해결은 너무도 간단했다.

"구들이 깊으면 좋지 뭐!"

구들을 놓기로 한 업계 고수의 말 한마디에 내 고민은 씻은 듯, 설계 변경 없이, 재시공 없이 깔끔하게 정리되었다.

화개로 내려오기로 한 결정은 아내와의 심사숙고 끝에 내려진 것이 아니었다. 치밀한 사전 계획과 진행을 위한 자금 확보, 내려가서의 먹고살 일자리 마련은 꿈에도 생각해본 바가 없었다. 무작정 짐을 싸서 내려왔다. 두 다리 뻗을 방 한 칸 제대로 마련하지 않고 화개 생활을 시작한 셈이다.

계획 없이 저질러진 귀촌 생활은 부딪히면서 계획되었다. 방 한 칸짜리 월세가 방 세 개의 이층 독채로 자리를 바꿔 앉았다. 일용직의 밥벌이가 월급쟁이의 월요병을 가져왔다. 시골살이에서 오는 소소한 불편들은 중하지 않았고, 여기저기 벌어지는 예기치 못한 빈틈들은 가벼운 통증을 겪은 후 새 살이 돋아 메꿔졌다. 그 자리에 굳은 살이 생기면서 웬만한 어려움과 돌발 상황에는 무감해졌다. 이러저러한 시행착오들이 귀촌 설계도의 밑선들이 되었다.

시골살이 속에서 그려지는 밑선들 위에 굵은 선들이 그려졌다. 엇나가거나 잘못 그려진 수많은 선이 모여서 한 줄기의 명확한 선을 만들어냈다. 한 치의 오차 없는 계획은 애초에 없었다. 현장에서만 얻을 수 있는 잠언 같은 경험이었다. 반드시 아로새겨야 하는 밑줄 같은 것이었다. 돌발 상황들은 전화위복의 신공을 보여주었다.

감당할 수 없을 정도의 집채만 한 바위는 우리의 집채를 앉힐 든든한 반석이 되었다. 이도 저도 못하는 애물에서 이 땅에 붙박여 살게끔 하는 닻 같은 존재가 된 것이다. 깊이 판 아궁이는 한 번 불을 넣으면 일주일 정도는 거뜬한 엄청난 보온력을 보여줬다. 잘못된 시공이 아내의 수족냉증을 다스렸고, 우리의 생활에 온기를 돌렸다. 안온했다. 모두 도면에는 없는 것들이었다

수영은 물속에서 배운다. 물 밖에서 글로 배우는 것이 아니다. 수영을 하기 위한 적당한 온도를 계산하고, 물의 깊이와 길이를 생각하고, 물을 헤쳐나갈 팔의 각도와 분당 발차기 횟수를 계산하는 것이 아니다. 물에 들어가기 전에 필요한 것은 사전 운동밖에 없다.

몸이 어느 정도 데워졌다 싶으면 그다음은 망설임 없이 입수. 심장이 쫄깃해질 것이다. 그 쫄깃함이 물을 밀고 나가는 힘이다. 물론 너무 깊거나 너무 긴 물을 선택해서는 안 된다. 자신이 감당할 만큼의 상황에 덤비는 것도 사전 운동만큼이나 중요한 일이다. 생존 수영을 배울 거라면 더더욱 물에 먼저 뛰어드는 것이 중요하다.

시골살이가 안착되는 모습을 보고 서울에 두고 온 지인들에게서 이런 말을 자주 듣는다.

"나도 다 집어치우고 시골에서 살고 싶은데……."

"아직 아이가 학교를 다녀서……."

"직장에서 하는 중요한 프로젝트만 끝나면……."

"내려가서 살 돈이 없는데……."

"시골에서 뭐 먹고살지?"

이런 사람은 처음부터 수영할 마음이 없거나, 책상 앞에 앉아 팔의 각도와 분당 발차기 횟수를 계산하고 있는지도 모른다.

다 필요 없다. 일단 물에 뛰어들어라. 당신을 살리는 것은 설계도 상의 밀리미터 단위의 수치가 아니라 '일단, 무작정, 무모함'을 감당할 심장의 쫄깃함이다.

여름이다. 멱이나 감으러 가자!

몬산투 가는 길

아마도 집짓기를 시작하던 그해였을 것이다(언제부턴가 기억의 기준점이 집짓기 전과 후로 나뉘게 되었다). 해가 바뀌고 한 달을 겨우 넘겼을 즈음, 아내와 나는 전년과 다름없이 여행을 떠났다. 파리를 경유해 포르투갈로, 리스본에서 중부 산간지역인 몬산투로, 북부의 포르투로, 사이사이 조그마한 마을들을 거쳐서 다시 리스본으로 되짚어 오는 약 2주간의 여행이었다.

여행에서 돌아오면 집을 지을 생각이었다. 짐 꾸러미 속에는 집짓기와 관련된 어설픈 밑그림들이 여러 장 들어 있었다. 여행 중에 설계도의 초안을 완성할 심산이었다. 리스본의 그 수많은 언덕을 따라 세워진 건물들을 찾아보면서, 몬산투의 바위를 통째로 이고 있는 집들을 바라보면서, 그렇게 타인들의 일상에서 우리의 생활이 담길 집을 생각했다. 서방의 끝단에서 동방의 끝단에 지을 집을 그려보았다. 잘 그려지지 않았다.

"헌 씨(건축 설계사), 계단을 만들면 현관 자리가 없어지고, 현관을 만들면 이층으로 올라갈 방법이 없네?"

"그럼 현관을 없애시지요?"

"그럴까?"

되지도 않는 농담을 주고받으며 건축 설계사의 도움을 받아 집을 직접 그려나갔다. 집의 설계는 큐브 퍼즐 맞추기보다 어려웠다.

한정된 공간에 내가 원하는 동선들을 욱여넣는다는 것이 전문가의 영역임을 모르는 바 아니었으나 하면 할수록 오기가 생겼다. 안방을 조금 넓히면 화장실이 사라졌다. 계단에 욕심을 부리면 현관은 밴댕이 소갈딱지보다 작아졌다.

아내의 요청을 들어주면 나의 희망은 물거품이 되었다. 내가 바라 마지않는 오디오 룸을 위해서는 아내가 구들방을 포기해야 했다. 한 쪽을 누르면 한 쪽이 튀어나왔다. 욕심은 풍선마냥 부풀어 갔지만, 실체는 풍선 속처럼 헛되었다. 욕망의 총량은 우상향으로 한량이 없었으나 현실에서는 언제나 함량 미달이었다.

오르막이 있으면 내리막이 있는 법. 리스본은 그 수많은 언덕이 욕망의 등고선을 확실하게 그려주는 도시였다. 천신만고 끝에 찾아간 바칼라우 전문점은 금일 휴업이었고, 숙소 옆에 간단히 끼니를 때우러 들어간 동네 식당은 그 도시 최고의 가정식 맛집이었다. 그 맛이 천사들마저 감동감화시킨다는 한 수도원의 에그 타르트는 네 맛과 내 맛이 서로 사맛디 아니해서 내 입에는 별로였는데, 아내의 입은 그 평가에 동의하는 바 있었다.

리스본에 머무는 며칠 동안 저녁은 늘 대형 푸드코트에서 포장해 온 음식으로 대신했다. 포르투갈을 대표하는 각색의 음식들을 평균 이상의 맛에 저렴한 가격으로 맛볼 수가 있었다. 우리의 만찬은 한국에서는 그 가격에 차마 꿈도 못 꿀 와인과 함께 숙소의 창으로 스미는 리스본의 석양을 곁들였다. 저녁 식사는 해가 지고 창문 너머 골목 귀퉁이마다 가스등(같은 가로등)에 불이 들어올 즈음까지

이어졌다. 우리는 와인 잔이 아니라 얇은 플라스틱 컵을 맞부딪쳤다. 아홉 시간 저쪽의 건축 계획을 도모하면서, 다음 날 이쪽의 일정을 작당하면서 리스본의 저녁을 플라스틱 칼과 포크로 잘게 잘게 썰어 먹었다.

"그래, 다음은 어디로 이동할 계획이에요?"

한인 민박의 주인아주머니가 새로 준비한 이불과 수건을 들고 노크 대신 다음 일정을 물어보며 우리 방으로 들어왔다.

"포르투로 갈 계획인데 도중에 들를 만한 곳을 찾고 있어요."

"북부 쪽으로 갈 거면 코임브라도 좋고, 브라가도 괜찮을 거 같은데…… 아니면 몬산투를 한 번 가보든가!"

"몬산투요?"

"그래요, 몬산투. 근데 교통편이 좀 불편해서 사람들이 잘 가려고 하지는 않아. 차를 가져가면 또 모를까."

"교통편이 그렇게 안 좋은가요?"

"으응, 버스가 있다 없다 해요. 경치는 끝장인데, 고생하다가 그 전에 끝장날지도 몰라. 뭐예요? 바칼라우네."

아주머니는 일회용 포장 팩에 담긴 우리의 만찬을 보더니 반쯤 들어 있는 화이트 와인 병을 가지고 왔다. 감사하다는 말로 아주머니를 서둘러 내보내고 나는 아내에게 물었다.

"우리 끝장 한번 볼래?"

"밥 먹다 말고?"

"뭐래니?!"

꺾이는 골목마다 바위는
무릎뼈처럼 불거져 있었다
그 무릎으로 온 세월을 기어온 것처럼

"형님 고생하실 텐데요, 시공사를 알아보시지요?"

지인인 설계사는 직영을 하고 싶다는 내 말에 짐짓 놀라는, 아니 말리는 눈치였다. 한 번도 가보지 않은 길을 가보겠다고 신발을 꿰 차는 모습이 물가의 어린애처럼, 세상 물정 모르는 하룻강아지처럼 보였을 수도. 그러거나 말거나 나는 난해한 설계도를 받아 들고 애 처럼 강아지처럼 더듬거리며 나아갔다. 더듬거리는 데에는 시간이 필요했다. 시간은 돈을 요구했고 내가 가진 돈은 망치 하나, 못 하나 사기도 빠듯했다.

물론 건축에 대한 지식도 별반 다를 바 없어서 닥치는 대로 정보 를 수집했다. 동영상을 찾아보고, 관련 서적을 사 모으고, 주변에 집 좀 지어본 사람들의 뒷꽁무니를 따라다니며 그 한 번도 가보지 않은 길을 물어물어 오체투지했다. 어떤 길은 수월했으며, 어떤 길은 여 러 갈래여서 선택을 해야 했고, 또 어떤 길은 길이 아니었다. 길이 아 닌 길은 되돌아갈 수가 없어 새로 만들어 앞으로 나아가야 했다. 더 디고 지난했다.

설계사에게 징징거렸다. 왜 처음에 좀 더 강하게 말리지 않았냐 고, 초보는 혼자 갈 수 없다고 단호하게 말하지 않았냐고. 없는 돈과 늘어나는 시간에 내 수명을 한 십 년쯤 갈아 넣어서 모자라는 것들 을 채워갔다. 길은 자주 꺾이고 막혔다.

몬산투로 향하는 길은 민박집 아주머니의 말 그대로였다. 리스 본에서 기차를 타고 카스텔로 브랑코역까지는 왔다. 문제는 그다음 부터였다. 역에서 버스를 타고 몬산투가 있는 소읍으로, 그리고 다시 버스를 타고 산꼭대기에 있는 마을까지 올라가야 했다.

역 바로 옆에 있는 버스 매표소로 향했다. 매표소 직원은 해독 불가능한 언어와 보디랭귀지로 우리의 행선지를 신경질적으로 물어왔다. 나는 여행 안내서의 바윗투성이 마을 사진을 보여주며 두 사람 분의 버스 티켓을 요구했다. 'today'와 'now'라는 단어에 못을 박아가면서.

살찌고 후줄근한 봉제인형 같은 매표소 직원은 유리벽 안쪽에서 두 손으로 연신 엑스표를 그려 보이며 웃는지 우는지 애매한 표정으로 나를 째려보았다. 나는 대항해 끝에 발견당한 원주민처럼 쪼그라드는 몸짓으로 다시 한 번 사진과 지도를 유리벽 안쪽으로 밀어 넣었다. 역시나, 직원은 엑스표를 그려 보였다. 그러면서 티켓 두 장을 던지듯 끊어주는 것이 아닌가.

알 수가 없었다. 나는 직원을 향해 두 팔을 교차시켜 엑스표를 그려 보였다. 직원은 실팍한 웃음을 지어 보이고(비웃었던가?) 내 행동을 그대로 따라 하며 고개를 끄덕거렸다. 커다란 금색 링 귀걸이가 따라 끄덕거렸다.

엑스표와 끄덕거림 그리고 버스 티켓.

직원은 내가 지불한 티켓값을 받고 잔돈처럼 'thank you'를 거슬러주었다. 알다가도 모를 일이었다.

"이상하지 않아? 손으로는 안 된다고, 없다고 하면서 표는 왜 끊어주는 거지?"

풀리지 않는 의문을 품고 직원이 가르쳐준 곳에서 차를 기다렸다. 얼마 지나지 않아 우리는 'today와 now' 버스를 타고 포르투갈 북부의 시골길을 감개무량하게 달릴 수 있었다. 지중해와 대서양의 햇살과 바람이 섞인 대기를 뚫고 버스는 파두의 리듬을 타듯 달렸다.

차창 밖, 저 먼 데 산악지대의 발치에서부터 펼쳐진 평야 위를 올리브나무들이 달려오고 있었다. 달려오다가 버스 뒤쪽으로 스쳐 지나가기를 반복했다.

잔뜩 먼지를 뒤집어쓴 것 같은 올리브나무의 둥치는 곧은 것 하나 없이 뒤틀리고 꼬이고 꺾이면서도 올리브그린의 어깨를 날 듯 펼치고 있었다. 그 모습에 짐작할 수 없는 세월의 두께가 느껴졌다.

도착한 소읍 역시 세월의 먼지가 자욱하게 앉아 있었다. 우리를 토하고 떠나버린 버스의 흙먼지 사이로 표지판이 보였다.

앗, 그때서야 알았다. 매표소 직원의 보디랭귀지. 버스 정류장 표지판에 커다랗게 엑스표 두 개가 그려져 있는 것을. 그 뜻이 무엇인지는 모르겠으나 그 버스 정류장은 두 개의 '엑스표' 정류장이었던 것이다.

역시 길이 문제였다. 집으로 이어지는 관습도로가 사유지라는 것. 그래서 그 길의 소유주에게 허락을 받아야 한다는 것. 건축허가를 받을 때와는 별도로 오폐수관을 묻을 때 다시 사용 승낙을 받아야 한다는 것.

나는 길이 없었다. 꺾이거나 막히거나 혹은 여러 갈래였던 길이 이제는 아예 없었다. 나는 길 하나 없이 집을 짓고 있었다. 없는 길을 만들기 위해서, 허락을 받기 위해서 길의 소유주들을 쫓아다녔다. 소유주들이 품고 있는 길을 내놓으라고 사정을 했다.

두껍아 두껍아 길을 다오.

나는 길 대신 줄 헌 집조차 없었다. 다시 어르고 달랬다. 길은 쉽게 드러나지 않았고 길 아닌 길 위에서 나는 한참을 헤맸다.

집을 목전에 두고 엑스표가 커다랗게 새겨진 표지판이 위반 시 발포하겠다는 듯 야멸차게 꽂혀 있는 것 같았다. 이 길 끝에 내가 살 집이 있는데 나는 엑스표의 의미를 해독하지 못하고 그 길에서 맴돌고 있었다. '오늘, 당장'이 아니어도 언젠가는 길을 찾을 수 있을 거라 믿어 의심치 않았으나 막힌 길 앞에서는 하릴없었다.

더블엑스 정류장에서 우리는 다시 마을버스를 수소문했다. 영어 한 마디 섞이지 않은 이국의 언어가 풍문처럼 들려왔다. 짐작건대 오늘은 몬산투 마을로 가는 버스가 없다는 것을 나는, 우리는 느낌적 느낌으로 알아버렸다. 막차가 끊겨서 없다는 것인지, 버스는 장날에만 운행한다는 것인지, 운전사의 두 번째 마누라의 첫째 딸이 아파서 운전을 못 한다는 것인지 그 속사정은 알 수가 없었다.

빈터마다 짝다리를 하고 서 있는 올리브나무가 밉살스러워 보였다. 집집마다 담장 너머로 샛노랗게 열린 레몬 열매들이 심술궂어 보였다.

그렇게 해서 우리는 한 번도 가보지 않은 길을 걸어가기로 했다. 얼마나 걸릴지 짐작이 되지 않는 길을 물가의 애처럼, 하룻강아지처럼 약간의 불안과 약간의 동경을 짊어지고 나섰다. 민박집 아주머니의 말은 불길한 신탁 같았다. 끝장을 볼 참이었다.

세상에, 그런 오르막은 처음이었다. 손을 뻗으면 발 앞쪽이 닿을 듯한, 길 아닌 절벽 같은 경사였다.

'벽도 타고 오르는데 이깟 오르막이 머시라고.'

그 길을 두 개의 캐리어를 끌고 등짝보다 더 큰 배낭을 메고 목에는 카메라를 걸고 입에는 나귀처럼 거품을 물고 올랐다.

지고 끄는 짐이 소금 자루였으면, 하고 바랐으나 짐은 절대 녹을 일이 없었고 녹일 개울 물 따위도 없었다. 빈 몸인 아내는 올라온 길 아래로 펼쳐진 경치를 바라보며 자지러질 듯 소리를 질렀다.

"와우, 끝장이닷!"

나는 그만 그 자리에서 자지러지든가 끝장을 내고 싶었다.

"어디서 오는 게야?"

그 길을 허리도 제대로 펴지 못하는 할머니 한 분이 앞서 오르다가 뒤따르던 우리의 요란한 짐 끄는 소리를 듣고 말을 건네왔다. 물론 우리는 할머니의 말을 알아들을 수 없었다. 대신 할머니의 몸에서 오랜 세월 발효된 눈빛과 몸짓이 그렇게 물어오는 듯했다. 할머니의 질문은 직선적이지 않고 여러 굽이를 돌아 우회하면서 그러나 압축적인 물음표를 달고 있었다. 우리는 그 물음표만을 간신히 알아먹었다.

"네, 지리산 화개에서 왔어요."

"내일도 비 오기는 글렀네 그려. 자네 사는 곳은 비가 자주 오는가?"

"그럼요. 화개는 정말 살기 좋은 곳이죠! 근데 마을까지는 아직 멀었나요?"

"레몬나무가 바짝 말랐네!"

"아하하하, 엎어지면 금방이라고요?"

"ㅎㅎㅎ."

이 빠진 할머니의 입에서 흘러나오는 웃음소리는 제대로 된 소리를 갖지 못하고 간신히 'ㅎ'의 형태만 유지했다. 할머니의 동문과 나의 서답은 극동과 극서의 언어적 장벽이 빚어내는 빈틈을 웃음 하나로 말끔히 메꿔버렸다. 할머니는 평생을 오르내렸을 길을, 우리는 평생 처음인 길을 통하지 않는 말을 주거니 받거니 하며 엎어질 듯 말 듯 올랐다.

통하지 않았으나 하나도 어색하지 않았던 대화가 끝날 즈음 집 채만 한 바위가, 아니 바위 자체가 집인, 몬산투의 전통 가옥이 거대한 마침표처럼 찍혀 있는 것이 시야에 들어왔다.

순간 턱과 가슴 사이에 커다란 돌덩이가 걸린 듯 숨이 막혔다. 마침표는 하나가 아니라 여기저기 흩어져서는 한 마을을 이루고 있었다.

"세상에, 이게 바위야 집이야?"

아내의 시선이 한없이 각도를 벌리며 바위 끝을 좇아 올라가 입을 다물지 못했다. 바위 끝에는 오후의 햇살이 꼬들꼬들 말라가고 있었다. 아니, 바위 끝이 아니라 지붕의 끝, 지붕을 받치고 있는 벽. 아니, 벽이 아니라 절벽 같은 바위, 그 옆구리로 골목이 재재바르게 빠져나가고 있었다.

우리는, 아니 나는 짐을 지고 있다는 생각도 잊어버리고 발이 먼저 닿는 곳으로 마음을 이끌었다. 덜덜덜 끌고 가는 캐리어야 몸살을 앓든 말든 이 골목과 저 골목이 만나 관절을 꺾을 때마다 우드득 우드득 나타나는 마침표 같은 바위들, 집들을 한 열 개쯤의 느낌표로 우러러봤다.

바위와 집은 그렇게 골목이 가닿는 곳마다 한 줄씩 사연 깊은 문장들을 만들고 있는 듯했다. 누백 년 동안 쌓인 웅숭깊은 문장과 마디마디 거대하고 단호한 마침표들. 자연을 거스르지 않고 있는 그대로 받아들인 사람들의 살아 있는 역사였으며, 그 사람들을 품고 유구하게 흘러온 자연의 너무나도 자연스러운 명문장이었다.

마을 뒤편의 바위 위에 올라서자 우리가 걸어왔던 길과 마을의 형상이 한눈에 온전히 들어왔다. 몬산투의 바위 지붕 위로 해가 지고 있었다. 서쪽의 끝단, 대서양으로 떨어지는 해가 자연과 사람이 일궈온 황홀한 문장에 밑줄을 긋고 있었다.

형광펜처럼. 꼭 외워야 할 것처럼.

길은 뚫렸다. 아들 같아서, 젊은 부부가 애쓴다고, 전에 살던 동네에서 평판이 좋아서, 아이들 공부방 한다고. 길을 뚫는 데 오만 가지의 미사여구를 동반한 이유들이 동원됐다. 그 오만 가지의 방법들이 어느 순간 길 주인인 할머니의 마음을 녹이기 시작했다.

나의 동문과 할머니의 서답이 조금씩 간극을 좁혀 '사람 사는 일'로 축약되었다.

"사람 사는 데 글케 모질게 해서 쓰것나. 앞으로 마을에 삼서로 내 아들함서 살아라, 잘 살아라."

나는 할머니의 길 위에 우리 집으로 가는 길을 포개어보았다.

길을 막고 섰던 더블엑스의 표지판이 느낌표로 바뀌는 순간이었다. 길을 막고 섰던 커다란 바윗덩이가 살아도 좋다는 결정의 마침표로 바뀌는 순간이었다. 이중부정은 강한 긍정이므로 그해 말,

우리는 마침표 같은, 느낌표 같은 집을 완성했다. 할머니의 당부대로 한번 잘살아보기로 작정했다.

S. Francisca
prega em presença
de
Honorio

술에 술 탄 듯
물에 물 탄 듯

집을 짓기 위한 첫 삽을 떴다. 삽질은 공육06이라는 어마어마한 굴착기가 대신했다. 삽질 한 번에 족히 백 명분의 일을 해냈다.

한 번 휘두른 중장비의 기계팔은 잡목초와 돌덩이로 심란했던 집터를 한순간에 평정했다. 나온 곳은 깎고 꺼진 곳은 메웠다. 푸른 물이 잔뜩 오른 잡초와 잡목들이 말 그대로 초개와 같이 쓰러졌다. 보기에 좋았다.

나의 공사는 지극히 개인적이어서 국가의 존망存亡 대사大事에 빗댈 바 아니었으나, 나에게는 생을 걸고, 생애 처음으로 덤비는 일이었다. 너무나도 개인적으로 엄중한 일이었다.

공사 개시일, 그렇게 하루 종일 굴착기의 기계팔은 모난 땅을 순하게 다져 나갔다. 평탄 작업을 끝낸 집터는 바람 없이 일망무제한 바다 같았다. 적어도 나에게는.

이튿날, 터 파기에 들어갔다. 정리된 땅 위에 집이 들어설 자리를 그려놓고 그 선을 따라 굴착기는 1미터 정도의 폭으로 땅을 파 나갔다. 기계팔이 한 번씩 움직일 때마다 땅의 생살들이 그득그득 퍼올려졌다. 무작스러운 중장비로 땅의 각을 뜨는 듯했다. 그때마다 비릿한 흙냄새가 물씬 풍겼다. 한 번도 겉으로 드러나지 않았던 땅의 내장들이 뭉텅뭉텅 쏟아져 쌓였다.

기계팔은 거침이 없었다. 기계팔을 움직이는 유압의 힘은 웬만

한 바윗덩이도 우습게 파내 올렸다. 기계팔의 마디에 불거진 굵은 호스가 힘줄처럼 꿀럭거리는 것 같았다. 그런데 우리의 이 무쇠팔이 복병을 만났다.

땅 위에 그려진 선대로라면 집의 현관 정도의 위치였다. 중장비의 삽날이 땅을 긁자 갑자기 '컹' 하는 소리와 함께 허연 돌가루가 튀어 올랐다.

바위였다.

우리는 천하장사 무쇠다리 무쇠로 만든 기계팔이 있으니, 라는 자신감은 오래지 않아 자괴감으로 바뀌었다. 일당백의 커다란 삽으로 오전 내내 파내도 바위의 뿌리는 보일 기미가 없었다. 파낸 자리가 사람 키를 넘기도록 바위는 어깨만 살짝 드러낼 뿐이었다. 그럴수록 바위의 속살이 보고 싶어 애가 탔다. 결국 파내는 것을 단념하고 쪼개기로 했다.

기계팔은 삽을 내려놓고 팔 끝에 '뿌레카(브레이커)'를 장착했다. 사람 허벅지만 한 굵기의 뿌레카가 바위 표면을 쪼아댔다. 사방으로 파편이 튀어 올랐다. 타다다다다닥, 소리가 한여름 매미 울음처럼 자지러졌다.

그 무작스럽던 기계팔이 두 손을 모으고 사정하는 것처럼 보였다. 제발 좀 쪼개져라, 쪼개져라! 결국, 기계팔의 '뿌레카' 끝이 뭉툭하게 녹아내렸다. 특수 합금으로 된 '뿌레카'가 수명을 다하고서야 작업은 중단되었다. 가까운 산에서 뻐꾸기가 목이 타도록 울어댔다.

"묻고 갑시다!"

중장비를 운전하던 기사가 포커판 패 돌리듯 다음 패를 제시했다.

"청석잉갑소, 청석! 것두 엄청시리 큰……."

"그럼, 어떻게……?"

"묻고 가야제 뭐!"

"묻어도 될까요?"

"벨 수 있나? 안 쪼개지는디. 저거 보랑께, 저거! 뿌레카 다 망가 졌네잉."

"뿌레카? 그게 뭔가요?"

기사는 내가 던진 물음표를 받아먹고 다시 뱉지 않았다. 그렇게 설계가 변경되고 청석 바위는 집 아래 묻히게 되었다. 설계는 바위가 드러난 만큼 현관의 높이를 들어 올렸다.

변경된 계획은 크게 지장이 없었으나, 나는 집이 깔고 앉을 바위가 내 속에 들어앉은 듯 껄끄럽고 무거웠다.

땅에 그려진 선으로 미루어보아 바위는 집의 출입구이면서 안과 밖을 가르는 현관 외벽의 중간에 정확히 박혀 있었다. 아직은 생기지 않은 벽 아래에서, 아직은 갈리지 않은 안과 밖을 짐작하면서, 한 번도 경험해보지 못한 출과 입의 허공 아래서, 청석 바위는 고집스럽게 뿌리를 뻗고 있었다. 그 뿌리가 어디까지 가닿아 있는지도 알 수가 없었다.

"웜마, 집이 반석 위에 앙끼 생겼네!"

집의 형틀을 잡게 될 구례의 건축사 사장이 현장을 보자마자 토하듯 던진 말이다. 사장의 얼굴색은 쓰고 있던 모자가 만들어낸 그늘보다 더 시커멓게 타 있었다. 오래도록 건설 현장을 누비며 쌓여온 해 그을음이 얼굴에 더께로 앉아 있었다.

"괜찮을까요? 바위 위에 집을 올려도?"

나는 두 눈에 각을 세워 사장을 쳐다보며 말했다.

"반석이여, 반석. 꺽정허덜 마소, 무너질 일 없을 꺼이니!"

그 말이 왜 그리도 믿음이 가든지. 사장의 반석이라는 말에 나는 반색하며 내 속에 들어앉아 있던 바윗덩이를 순식간에 뽑아버렸다. 쇠망치로 곰국을 끓여 먹는대도 믿었을 문외한의 얇은 귀는 사장의 말이 십계명의 첫 구절 같았다.

오늘이 바로 그 커다란 청석 위에 집을 올리던 그날이다. 그날 이후 나와 아내는 이 집을 지켜주는 성주신으로 청석을 철석같이 여겼다. 마음만 살짝 바꿔 먹으면 악재가 복덕이 되고 신물神物이 되는 놀라운 경험이었다. 크기를 짐작하지 못하는 커다란 바윗덩이는 우리 집을 어깨에 짊어지고, 우리가 앞으로 이루고成 만들어갈造 터의 터주가 된 것이다.

매년 같은 날 나는 이 성조님(성주님)의 어깨 위에 막걸리 한 잔을 올린다. 그님의 영험에 대한 믿음을 담보 삼아, 지나 보낸 1년을 되살피고 앞날의 계획을 먼지 일지 않도록 조신하게 빌어본다.

나는 아침 일찍 막걸리를 챙겨서 집 밖으로 나간다. 달력상으로는 내일이 여름의 시작이라지만 가는 계절과 오는 계절에 마디가 있을 리 없다. 여기까지 봄이고 저기부터 여름이라고, 칼로 무 자른 듯 계절의 넘나들이는 그렇게 반듯하지 않다. 스미듯 오는가 싶고, 흐르듯 가는가 싶다. 잇댄 자리 없이, 계절과 계절 사이에는 경계가 없는 것이다.

경계가 없는 그 자리 어디 즈음에서 뻐꾸기는 아침부터 나한테 뻐꾸기를 날려대고, 이른 햇살에 비낀 집 그림자가 볕과 그늘을 날렵하게 나누고 있다. 볕의 영역과 그늘의 영역은 서로 섞이지 않고 칼로 무 자른 듯하다.

막걸리를 현관 모퉁이에 조금씩 나누어서 뿌린다. 여름 들머리의 아침 공기에 시큼한 막걸리 향이 섞여 퍼진다. 한 모금 할까 싶게 달큰한 냄새도 코끝을 스친다. 막걸리 향의 뒤끝에 무슨 비릿한 냄새가 꼬리를 잡고 따라붙는다.

익숙한 냄새. 벌써 밤꽃이 필 무렵인가.

집 주위로 빽빽하게 둘러싸인 밤나무를 둘러보니 잎 사이에 희끗희끗 흰색 꽃자루가 올라와 있다. 그때도 밤꽃이 피었던가. 올해는 뭐든 한 일주일 정도 빠른 것 같던데. 벚꽃도 일주일 빨리 피었고, 녹차 농사도 그 정도 앞당겨졌고, 장마도 서둘러 온단다. 덩달아 밤꽃도 너무 일찍 저리 헛물켜는 것 아닌지.

남은 막걸리를 현관 모퉁이에 마저 뿌리다가, 끝내 한 모금을 남겨 목구멍으로 털어 넣는다. 몸속으로 곡기 어린 탁한 술이 안개처럼 번진다. 빈속이 사르륵 진저리를 친다.

계절의 엄중함에 나는 잠깐 무섭다. 어김없이 이 계절은 또 돌아와서 밤꽃 내음을 풀어놓고, 뻐꾸기 소리를 날리고, 각양각색의 꽃향기를 살포하며 봄 끝, 여름 시작, 향연을 펼친다. 날이 날마다 잔칫집 같은 자연의 순리 속에서 술 한 잔 친다고 무에 그리 대수겠는가. 오늘 아침 술 받으신 성주님께서도 너그러이 용서하실 게다.

"성주님, 올 한 해도 탈 없이 술에 술 탄 듯 물에 물 탄 듯 '스리슬

찍', 넘어가게 해주십쇼."

　막걸리를 뿌리고 집 안으로 들어와 아예 막걸리로 상차림을 하
고 앉았다. 아내가 출근을 막 하고 난 오전 8시 반경이다.

　8시 반, 초하의 풍경이 저 큰 창으로 무장무장 쏟아져 들어온다.
풍경의 살냄새가 그득한 햇살이 풍경은 창밖에 벗어 두고 제 살만
챙겨 거실 바닥에 가득하게 쏟아낸다.

　이 집을 지을 당시, 거실 창은 전경을 그대로 받아들이기 위해 꽤
나 신경을 써서 설계를 했다. 계절마다 빛이 들고 나는 각도와 시간
까지 계산했다. 거기에 맞춰 창의 크기와 높낮이를 살피고 거실의
구조를 결정했다.

　빈속에 막걸리가 취기를 끌어올리면서 공사를 시작할 무렵의
일들도 뭉실뭉실 피어오르고 최명희의 《혼불》한 대목도 바로 내 일
인 양 떠올랐다.

　　"뒷산 발치에 검은 등허리를 보일 듯 말 듯 드러내고 있던 바
　　위는 한 삽 한 삽 흙을 파내는 동안에, 그 몸이 벗겨지고 있는
　　셈이었다."
　　"아니, 무신 놈의 바윗뎅이가 이렇게 나잘반이나 파도 파도
　　뿌랭이가 안 뵈능고?"
　　"엄청나게 커다란 조갑지를 엎어놓은 것과 너무나도 여실하
　　였다. 그 형국은 동쪽 편으로 머리를 둘러 둥두렷이 불쑥 솟
　　아오른 곳이, 높이가 거의 일고여덟 자 남짓이나 되고, 거기
　　서부터 갈라 펴져 부드럽게 내리깔은 가장자리로는 대여섯

치 높이로 둘러나가 있는데, 보면 볼수록 엎어놓은 조갑지
형상이었다."

―《혼불 1》, 최명희

청암 부인은 여름마다 농수가 모자라 어려움을 겪는 마을을 위
해 저수지를 파기로 했다. 산이 많아 물이 많을 법한 매안 마을은 조
금만 가물어도 논바닥이 거북이 등짝 꼴을 면하지 못했다. 청암 부
인은 사재를 털어 물 모이는 자리를 골라 물을 모으기로 했다. 지맥
을 살펴 그 기운이 다치지 않게 하고, 기맥이 옆으로 새지 않도록 각
별하게 실행했다. 그때가 청암 부인이 서른아홉 때의 일이었다. 기
울어가는 가계에 종부로 들어와, 다시 수천 석지기의 부농으로 종가
를 일으켜 세웠다.

부인의 기운은 가문에만 고이지 않고 흘러넘쳤다. 매안 마을의
큰 살림들을 부인은 손 가지 않는 곳 없이 빠짐없이 챙겼다. 저수지
공사가 끝나갈 무렵 나잘반을 파 내려가도 그 뿌리가 보이지 않는
바윗덩이가 나온 것이다. 보면 볼수록 커다란 조개를 쏙 빼다 박은
이 바윗덩이를 청암 부인과 마을 사람들은 악재로 보지 않고 종가와
마을을 지켜줄 신물로 여겼다. 우리 집의 청석 성주님처럼.

삼촌, 물 처먹고 해!

그래도 집짓기는 계속되었다. 공사 초반부터 터지기 시작한 돌발 상황들은 건축 문외한인 나에게는 감당하기 힘든 일들이었다. 복병처럼 박혀 있던 커다란 바위와 설계도와는 달라진 터 파기 작업, 그리고 아랫집과의 불화가 내내 속을 달달 볶아댔다.

아랫집은 사사건건 트집을 잡고 나섰다. 현장으로 진입하는 길이 외길이라 그 집 앞을 지나지 않을 수 없었다. 집주인과 수시로 마주쳤다. 그때마다 온갖 트집을 잡으며 나를 을러댔다. 트집의 속내는 뻔했지만, 여러 가지 다른 이유를 갖다 붙이며 하는 작업마다 발목을 걸어왔다. 내 입장에서는 대부분 이해하기 힘든 억지처럼 여겨졌다. 그의 입장에서 우리는, 마을의 맨 끝 집으로 누리고 있던 조용하고 평화로운 일상을 깨뜨리고 난입한 무뢰한으로 받아들여졌을 것이었다. 아랫집 주인이 나를 싫어하는 것의 십이만 칠천 배 정도 나는 그가 싫었다.

초여름의 날씨는 옥수수 찜통같이 연일 푹푹 쪄댔다. 터 파기를 한 건축 현장은 네모 반듯하게 움푹 파여 있었다. 가만 서 있어도 등줄기에서는 땀이 골을 이루었다.

집의 평면 모양을 하고 파헤쳐진 땅을 바라보며 나는 나의 집을 가늠해보았다. 저 파인 곳을 따라서 외벽이 세워질 것이고 이쪽은 안쪽이, 저쪽은 바깥쪽이 될 것이었다.

벽의 모습을 머릿속에서 그려보았지만 쉽게 상이 잡히지 않았다. 아직 세워지지 않은 벽 안쪽의 넓이는 더더욱 짐작되지 않았다. 넓이를 알 수 없었으므로 그 안에 무엇을 얼마큼 채울지도 상상할 수 없었다. 쌀도 안치기 전에 숭늉 끓일 생각을 하는가 싶었다.

서툰 삽질로 이미 여러 날을 지체했다. 곧 들이닥칠 장마로 인해 현장은 질척거릴 것이고 또다시 공정은 차일피일 지연될 것이다. 그러기 전에 기초 '공구리'라도 쳐놔야 하지 않을까, 마음만 바빴다.

습한 날씨에 뻐꾸기 소리가 다 녹아내리는 듯했다. 밤꽃 떨어진 자리에 밤송이가 벌써 맺히기 시작했다.

터 파기를 한 밑바닥에 버림시멘트를 붓고 굳기를 기다렸다. 다행히 고온 다습한 날씨는 시멘트가 굳는 데 안성맞춤이었다. 얇게 펴 바른 콘크리트 바닥은 내 불안과는 달리 단단하게, 빠르게 굳어갔다. 이후 버림 위에 먹선을 놓고 집의 윤곽을 그려 나갔다. 벽 세울 자리를 그리고, 출입문과 창문에는 X자를 그려 넣고 뚫릴 자리를 표시했다.

여기가 안방, 여기가 부엌, 여기는 화장실. 화장실이 이렇게 좁아서 똥이나 제대로 싸겠나, 싶을 정도로 구획된 공간은 너무도 협소했다.

"벽 들어서면 달라징께 걱정 마소. 똥은 앉아서 싸지, 딧누워서 싸간디?"

내 혼잣말을 옆에서 슬쩍 받아먹으며 건축사 사장이 허연 이밖에 보이지 않는 웃음을 날렸다. 웃음 속에는 사투리가 섞여 있지 않았다. 현장에서 그을렸을 검은색에 가까운 구릿빛 얼굴이 부드럽게

일꾼들의 등판에는
허연 소금 얼룩이 피어 있었다

얼룩은 어느 휴양지의 해변 같기도,
해변을 꿈꾸는 바람 같기도 했다

번들거렸다. 나도 따라 웃었지만 여전히 벽이 들어설 자리를 가늠할 수 없었고, 벽에 뚫릴 창을 상상할 수 없었다. 집이 완성된 후의 내 일상이 어떻게 구획될지는 하나마나 한 상상이었다.

먹선으로 집의 벽과 내부를 이리저리 구획하고 나서부터 빠르게 일이 진행되었다. 이번에는 바닥을 깔고 벽을 세울 철근 작업이 시작되었다. 엄청난 양의 철근이 트럭을 바꿔가며 꼬리를 물고 들어왔다. 철근공들은 설계도의 수치대로 철근을 가공하느라 땡볕 아래서 등뼈가 불거졌다.

구부러지고 잘린 철근들은 먹선을 바탕으로 늑골처럼 척추처럼 다리뼈나 어깨뼈처럼 잇대어져 나갔다. 커다란 고래의 그것 같았다. 저 뼈대들이 집의 뼈대가 될 것이고, 뼈대 있는 집안까지는 아니어도, 화개에서 어느 정도 형태를 갖추고 살 기반을 마련해줄 것이었다.

"먼 노메 철근을 이라고 많이 깐다냐. 철근으로 이불을 해 덮어도 쓰것네, 시불!"

몸뻬바지를 입은 철근공 아저씨는 연신 흘러내리는 땀을 목에 두른 수건으로 닦아냈다. 이미 젖어 있던 수건은 땀을 받아내지 못하고 후줄근하게 목에 다시 축 늘어졌다. 얼마 전부터 강화된 내진 설계로 인해 그만큼 철근공들이 할 일이 늘어난 것이다. 닦이지 않는 무더위가 콘크리트 바닥을 치고 올라왔다. 장마 직전의 공기는 그야말로 물 반 공기 반이었다.

몸뻬 아저씨는 더는 참지 못하고 아이스박스를 열어 얼음 물이 뚝뚝 떨어지는 탄산음료 캔을 꺼내 들었다. 캔 뚜껑 따는 소리가 두

텁고 습한 공기를 치이잇, 하고 찢어냈다.

"워쩌쩌쩌, 저 시불넘 보소! 성님 한 볼테기해보싯쇼, 허고 말도 엄씨 저 혼자 처묵능 거 보소. 저저저 써글!"

가공된 철근을 어깨에서 낭창하게 떨어내던 다른 아저씨는 받치는 숨소리에 욕을 반 넘게 섞어 차지게 쏘아붙였다. 검은색 스포츠 선글라스를 쓴 아저씨의 등에서는 이미 허옇게 소금이 일어 얼룩이 져 있었다. 허공에서 아무런 저항 없이 쏟아지는 햇빛은 그들의 머리에, 어깨에, 공사 현장에 두루 도포되었다.

"허이구, 지랄허구 있네. 야 이눔아, 나가 너거 성이랑 동기동창이여. 성님은 지럴허구!"

현장은 경상도 화개인데, 일꾼들은 모두 전라도 구례 사람들이었다. 화개와 구례는 엎어지면 배꼽 닿는 지척 간이어도 도 경계를 사이에 두고 사투리는 천지간이었다.

몸뻬 아저씨는 목구멍이 얼어붙도록 음료수를 한입에 털어 넣고는 빈 캔을 우그적 찌그러뜨렸다.

"성님헌티 함부로 혔다간 이 꼴 날 중 알엇!"

아저씨는 마지막 'ㅅ' 받침에 힘을 실으며 예의 그 허연 이밖에 보이지 않는 웃음을 날렸다. 서로의 말을 눙치듯 대거리가 한바탕 오가고 나서 공사장에는 바람도 없이 시원한 기운이 돌았다.

철근을 뼈대로 양쪽에 거푸집이 세워지고 그 사이로 다시 시멘트를 부었다. 철근 사이사이로 시멘트가 골고루 들어가도록 바이브레이터로 거푸집을 쑤셔댔다. 진동을 일으키며 걸쭉한 죽 같은 시멘트가 한도 끝도 없이 쏟아져 들어갔다.

날씨는 어제나 오늘이나 마찬가지였다. 온다던 장마는 제주도 어디 즈음에서 갈팡질팡하고 있었다. 일꾼들의 등판은 국적 모를 지도처럼 변함없이 허옇게 얼룩이 져 있었다. 그 지도는 어느 휴양지의 해변 같기도 했다. 해변의 야자수 아래에서 그늘을 덮고 오는 세월 가는 세월, 그러거나 말거나 한숨 늘어지게 잤으면, 하고 바라는 심정은 나보다 일꾼들이 더 할 것이었다. 그늘 밑에서 몰디브가 됐든, 모히토가 됐든 당장에 이 더위만 피할 수 있다면 양잿물이라도 마다 못할 성싶었다.

일층 벽체의 모양을 잡아주던 거푸집을 뜯어냈다. 일명 '바라시' 작업. 기술이 필요 없는, 약간의 요령과 힘이 필요한 작업이었다. 기술을 가진 대부분의 아저씨는 다음 작업을 위한 준비를 하고, 일당벌이 잡부인 기모를 비롯한 몇몇이 널빤지를 뜯어냈다.

기모는 이집트에서 왔다고 했다. 남쪽의 해안가에서 멸치잡이 일을 하다가 지쳐 도망치듯 이곳 화개로 흘러들었다 한다. 기모 자신의 말로는 국제변호사 자격증이 있다고 했다. 무바라크 정권의 폭압에 온 집안이 풍비박산 나고 한국으로 도망치듯 쫓겨 온 지 2년이 넘었다고 한다.

"2년 2개월 됐어."

정확한 발음으로, 그러나 반말로 자신이 한국에 머문 기간을 헤아리던 기모는 이집트에 두고 온 가족을, 먼 산에 시선을 걸어둔 채 하나하나 언급했다. 그가 호출한 가족 중에는 살아서 두고 온 사람도 있었고, 죽어서 다시 못 볼 사람도 있었다.

땡볕 속, 섬 같은 그늘 밑에서 잠시간의 휴식은 꿈처럼 흘렀다.

기모는 자신을 놀려대는 아저씨들의 농지거리와 욕설을 되받아치며 자신도 한마디 거든다.

"기모야, 정등께 그만 처 웃고 물이나 언능 가져오니라."

"나도 삼촌 안 좋아해. 흐흐흐."

"야 이누무 시키야, 나가 왜 니 삼촌이냐? 망할 느무 시키. 웃기는 지럴허구……!"

"삼촌, 물 처먹고 해. 흐흐흐."

기모는 아저씨들에게 반쯤 언 생수병을 하나씩 빠짐없이 안기며 또 흐흐흐거린다. 그늘 밑이 웃음소리로 잠시 들썩이는 것을 끝으로 일꾼들은 엉덩이를 털고 일어난다.

거푸집을 다 뜯어내자 회백색으로 굳은 시멘트가 곰보 진 채 드러났다. 벽이 생긴 것이다. 동시에 안과 밖이 생겼다. 내벽은 일층 공간을 용도에 맞게 구획해놓았다.

여기가 안방, 여기가 부엌, 여기가 화장실. 화장실은 건축사 사장이 말한 대로 생각보다 좁지 않았다. 벽을 세우니 공간이 좁아지는 것이 아니라 본 용도에 맞춘 것처럼 딱 그만큼의 크기를 만들어냈다. 벽은 '덧누워서' 일을 봐도 될 정도로 화장실을 화장실답게 만들었고 안방과 부엌도 그 용도다운 크기로 네모반듯했다.

아직 지붕을 얹기 전이어서 사방으로 둘러선 벽은 하늘을 이고 있었다. 장마 직전의 하늘이 사방의 벽 안으로 쏟아져 들어왔다. 아직까지는 벽으로 생긴 안과 밖이 크게 다르지 않았다. 벽의 바깥은 여전히 더웠고 안도 덥기는 마찬가지였다.

"사장님 좋아? 이거 내가 했어!"

기모가 일명 '빠루'라고 하는 긴 쇠막대를 짚고 서서 창이라고 뚫린 허공을 내다보며 웃는다.

"기모야, 너는 뜯기만 했지 만든 건 아저씨들이잖아?"

"내가 멋지게 바라시했어."

기모의 거푸집 뜯어내는 기술에 국제변호사 자격증이 어떤 역할을 했는지 잘 모르겠으나 늘 웃는 그의 성격만큼은 멋지게 작용한 것 같다. 창밖 풀숲에서 고라니가 새끼 두어 마리를 데리고 목만 내밀고 두리번거리는 것이 보였다. 가족인가 보다.

그날,
알몸의 오이는 생수 속에서

1.

오늘은 도저히 음식을 못하겠다. 더위에 지쳐 하품만 해도 등골에 땀이 줄기를 이룬다. 샤워를 하고 나와 물기를 닦으려고 조금만 움직여도 다시 땀으로 범벅이 될 판이다. 어제까지 연일 기승을 부리던 장마가 잠시 소강상태인지, 아니면 아예 끝난 것인지 비가 가신 자리에 7월 햇볕이 가히 살인적이다.

이런 날씨에 끼니를 때우자고 불을 다룬다는 것은 죽자고 덤비는 가학일 게 분명하다. 차라리 굶지, 라고 생각하지만 아내는 그렇지 않다. 나를 쳐다보는 저 말똥, 만 한 눈.

"오늘 저녁은 뭐야? 점심때 밥이 맛이 없어서 제대로 먹지도 못했는데……."

얼마 전부터 새로 직장을 얻어 출근하게 된 아내는 매일 점심 도시락을 싸 다녔다. 그러나 잦은 출장으로 인해 도시락을 제대로 챙겨 먹기가 힘들어, 식당 밥에 의존해온 게 실상이다.

퇴근해서 돌아온 아내는 한 발이나 나온 입을 실룩거리며 바깥음식 못 먹겠다고 입버릇을 삼는다. 땀으로 후줄근해져 돌아온 아내를 보고 있자면, 아직은 서툰 일에 하루 종일 종종거렸을 아내를 생각하자면, 나는 또 밥을 안치고 찌개나 국을 끓이고 오늘의 일품요리를 만들어 저녁 밥상을 차려야 하는 것이다.

그게 바깥양반을 위한 안사람의 의무이며, 눈칫밥을 최소화할 수 있는 필수 전제라고 생각, 하지는 않지만, 아내는 저녁 밥상은 물론 휴일의 매 끼니마다 집밥을 고집한다. 내가 '미챠분다!'

어쩔 수 없는 일이므로, 나는 끼니때에 앞서 끼니를 준비하기 위해 여지없이 냉장고 문을 연다. 냉장고에서 시큼한 김치 냄새와 함께 냉기가 쏟아져 나온다.

이러저러한 식재료들 사이에 며칠 전 동네 어머니가 주신 오이 서너 개가 보인다. 하우스에서 재배한 상품이 아닌, 밭에서 직접 키운 것이라 모양이 볼품없고 거칠다.

나는 오이 하나를 집어 들고 무심한 듯 툭 부러뜨려 두 동강을 낸다. 까슬한 느낌이 손아귀를 파고들면서 짙푸른 오이가 속살을 드러낸다. 씻거나 깎지도 않은 오이를 한입 크게 베어 물자, 연한 오잇살이 바스러지면서 아삭 소리를 낸다. 그 소리가 피부에 닿아 푸른 물이 들 것만 같다. 입속에 번지는 쌉쌀한 첫맛, 그리고 뒤이어지는 달착한 맛과 향긋한 냄새가 냉장고의 냉기를 뒤로하고, 김치 냄새를 잠시 잊게 하고 전신으로 스미듯이 번진다.

"옳다! 오늘 저녁은 오이냉국이다!"

양파는 채 썰어 준비하고 미역은 물에 불린다. 미역 대신 제철인 가지를 찢어 넣어도 되지만 데치자면 불을 써야 한다. 아내에게는 가지를 넣으면 팁팁하고 물컹해서 맛이 없어진다고 최선을 다해 둘러댄다. 거짓말이다. 가지의 그 보드라운 살이 그럴 리가 있는가.

오이는 채를 친 것과 필러로 얇게 저민 뒤 국수 가닥처럼 길게 썬 것을 따로 준비한다. 채 친 것은 냉국에 넣을 것이고, 저며 가늘게 썬 것은 국수와 함께 콩국에 말아낼 것이다. 냉국에는 새콤달콤한 맛을 나만의 황금비율로 첨가하고 얼음은 넣지 않는다. 얼음을 넣으면 오이 본연의 그 시원함을 느낄 수 없게 된다. 오감을 직접적으로 관통하는 얼음의 냉기가 오이의 얇고 넓은 서늘함을 앗아가는 것이다. 오이 자체가 발산하는 스미듯이 번지는 시원함과 있는 그대로의 아삭함에 아무것도 걸쳐서는 안 된다.

알몸의 오이가 좋다. 그저 시원한 생수면 충분하다. 그렇게 오이 냉국과 오이 콩국수, 그리고 지난주 밑 국물을 낙낙하게 잡아 담가두었던 얼갈이 열무김치를 곁들여 한 상 차려낸다.

세수를 막 하고 나와 상 앞에 앉은 아내가 젖은 머리를 쓸어 올리며 말갛게 웃는다. 아내의 웃음이 시원하다. 이만하면 되었다.

2.

집 공사가 한창 진행될 무렵, 장마는 끝나고 그 자리에 불볕더위와 매미 소리가 대신 가득 들어찼다.

"어따, 젊은 사장님, 나가 너메 집 짓는다꼬 요로코롬 고생허요."

억장이 아저씨는 변함없는 짙은 사투리를 연장 던지듯 툭 하고 던진다. 목에 두른 수건으로 구리판을 닦는지 얼굴을 닦는지 구분이 안 간다. 땡볕에 찌들어 땀을 닦아내는 그의 모습이 한쪽으로 기울어져 있다.

무슨 사연인지는 모르겠으나 불편한 다리를 절룩거리며, 언제나 자기 일을 기계처럼 빈틈없이 해내던 억장이 아저씨. 반평생을 철근공으로 살았다는 그 아저씨의 이름을 알게 된 것은 얼마 전이었

다. 점심부터 술추렴을 하던 날, 사위가 다 어두워지도록 두텁게 드리운 먹장구름이 그예 억수 같은 비를 쏟아붓던 날. 늘 몸뻬바지를 작업복처럼 입고 나오던 아저씨의 이름이 '억장'이었다.

억장이 아저씨는 술에는 입도 대지 않고 자신의 나이 정도는 훌쩍 넘겼을 흘러간 뽕짝을 기름지게 불러댔다. 술잔을 기울이던 우리보다 억장이 아저씨는 더 흥에 겨워 절룩절룩 노래의 음을 꺾어댔다.

"니미럴, 살자고 짓는 집, 짓다가 죽것네. 아이고매!"

그는 하던 일이 힘에 부치거나 염천에 목이 잠길 때쯤이면 공사장이 뒤집어질 정도로 한바탕 우스개 욕지거리를 해댔다. 감당하기 버거운 노동을 농지거리로 눙치자는 셈일 것인데, 이 땡볕에 사람들이 곤죽이 되어가는 모습을 보고 있자면 나는 자꾸 마음이 켕겨왔다.

그는 나의 집을 지어주고 자신의 집을 건사할 응당의 물리적 대가를 받을 것인데도, 그와 일꾼들의 등짝에 핀 소금꽃을 보면, 나 살자고 남 몹쓸 일을 시키는 건 아닌가 하는 생각이 들었다. 그렇게 찌는 듯한 폭염 속을 힘겨운 노동으로 건너가는 그들을 바라보는 나와 그들의 노동에 못 한 개의 도움도 될 것 같지 않은 나를 바라보는 그들, 어느 쪽이 더 하고 덜 할 것도 없이 모두 이 삼복염천에서 짠하고도 짠했다.

짠한 것은 마음의 문제여서 마음먹기에 따라 상황은 달리 보일 수 있을 것인데, 육체적 짠함은 구체적인 갈증으로 다가와 목구멍 저 밑바닥부터 쩍쩍 갈라져 어떻게든 해결을 봐야 한다. 매일 두세 시쯤에 어김없이 내가던 새참은 그 갈증을 다스리고, 그늘 밑에서 잠깐의 쉼표를 찍으며, 작업의 리듬을 고르게 하는 중요한 일일 체

크 포인트 역할을 한다. 그 시간에 목을 축이면서 공정의 앞뒤 순서를 다시 맞추고, 각 공정 간의 작업 속도를 조절한다. 사이사이 각자의 집안 대소사들이 주전부리처럼 그 자리에 깔린다.

억장이 아저씨는 자신이 엮어내는 철근만큼 가정사를 견고하게 엮어내지는 못했던 모양이다. 지병으로 자리보전하고 누운 아내와 군대 제대한 큰놈과 지난해 수해로 얻은 빚더미가 얼기설기 엮여서 깊은 한숨으로 새어 나온다. 그의 얼굴 주름이 마치 녹슨 철근 '똥가리'로 이어 붙인 것 같다.

나는 준비해 간 스티로폼 아이스박스를 그늘에 내려놓고 자리를 만든다. 철근 다발에, 망치질에, 각종 목재에 해질 대로 해진 목장갑으로 더 나을 것도 없는 바지를 툴툴 털며 아저씨들이 그늘 속으로 들어와 앉는다. 자리를 잡고 앉은 아저씨들에게 오이냉국을 한 사발씩 담아서 안긴다. 마트에서 손쉽게 구할 수 있는 음료수와 빵 쪼가리 대신 냉국을 만들어 온 것인데, 처음 해보는 것이라 맛을 장담할 수가 없었다. 식당 아주머니에게 물어보고, 동영상을 찾아보고, 각종 레시피를 두루 살펴가며 새콤과 달콤, 그리고 시원 짭조름을 어찌어찌 구현해본 것이다.

사발을 받아 든 아저씨들이 맛이 검증되지 않은 냉국을 볼이 미어져라 마시는 모습을 보고 있자니, 혀의 양 끝이 살짝 조여 오면서 새콤한 침이 감도는 것 같다.

"맛이 쫌 어쩐가요잉?"

나는 되지도 않는 사투리 흉내를 내며 아저씨들의 반응을 살핀다.

"하이고, 둘이 묵다가 하나 디져불도 몰 것네. 옆엣 놈 카악 디져

117

불문 좋것네잉!"

억장이 아저씨는 옆에서 숟가락도 없이 냉국을 들이마시고 있는 용순이 아저씨에게 또 농을 건다. 둘은 구례의 어디어디 마을 깨복쟁이 친구라는데, 두 사람 하는 양이 꼭 한 밭에서 뽑아낸 무뿌리 같다.

"지럴허구 있네. 억장 무너지는 소리허덜 말어. 나 밑으루다 딸린 식구가 얼맨디."

주방용 앞치마를 작업복 위에 덧입고 일하는 용순이 아저씨가 퍼런 오이 채와 허연 웃음을 반쯤 입에 물고 국물을 튀기며 억장이 아저씨에게 대거리를 한다.

"야 이노무시기야! 나가 부너지긴 뭐단다고 무너져야! 넘 집 구녁 걱정할 억장 있으믄 울 집 건사부텀 허것네."

"아나, 그 노메 억장 니 다 혀라!"

용순이 아저씨는 반쯤 언 생수병을 억장이 아저씨 뒷덜미에 밀어 넣으며 함빡 웃어 젖힌다.

7월 하순의 폭염 속에서 공사장의 그늘 밑이 웃음소리로 출렁거린다. 그 웃음이 꼭 오이 속 같다.

혹등고래 한 마리

새벽부터 비가 오락가락한다. 제주도 저 먼바다에서 장마는 상륙을 망설이다가 그예 한 발을 들여놓는가 보다.

오늘 작업할 설계도를 익히고 그림에 기입된 수치들을 외운다. 현장에서 일일이 설계도를 펼쳐보기가 힘들어, 그날그날의 공정을 통째로 머리에 욱여넣는 것이다. 작업에 참여할 기술자들, 그들이 제시한 견적서와 실제 작업할 내용을 확인한다. 전날 진행했던 작업에서 미비한 점들을 점검하고 보완할 사항들을 챙긴다. 모자라거나 생각처럼 되지 않은 부분은 다시 요구할 것이며, 추가 비용이 들어가면 더 지불할 계획이다. 뭐 빠진 것이 없나, 공정 전체를 한 번 더 훑어본다.

이렇게 하루 분량의 작업 준비를 끝내고 나면 작업복으로 갈아입고 현장으로 나갈 채비를 마친다.

아무래도 비가 쉽사리 그치지 않을 것 같다. 먹구름은 두텁고 할 일은 태산이다. 한 방울씩 떨어지는 빗발이 제법 굵어진다. 넘어진 김에 쉬어갈 기회일까. 아니다, 공정이 많이 지체되지 않았는가.

하지만 공사 초반에 신경을 너무도 많이 쓴 탓에 한 달 공사가 일년은 된 것 같다. 하루 정도 쉬고 싶기도 하고, 지연 비용과 작업 스케줄을 고려한다면 그럴 수 없기도 하다. 비 못지않게 마음도 갈팡질팡한다.

오늘은 이층 '슬라브'를 치기 위한 철근 작업과 상하수 배관, 전기 배선 작업이 진행될 예정이다. 구례 건축사 김 사장한테서는 아직 연락이 없다.

"오늘 우짤랑가? 비가 찔끔거리는디?"

아니나 다를까. 작업화를 막 신자마자 김 사장한테서 전화가 걸려온다. 공사 초반, 잘못된 터 파기 작업으로 인해 김 사장에 대한 신뢰도가 많이 떨어졌다. 그러나 한 달여간 그가 만들어낸 시멘트 형틀에서는 적지 않은 세월의 숙련도를 느낄 수 있었다. 작업을 꾸려나가는 성실성 역시 공사판 업자들이 가지고 있는 부정적 선입견을 일축시키기에 충분했다.

그런 김 사장의 얼굴은 햇빛에 타다 못해 브론즈 동상처럼 늘 번들거렸다. 구릿빛을 바탕색으로 박속같이 터져 나오곤 하던 그의 웃음은 웬만한 사람은 다 자기 편으로 끌어들일 것 같은 강력한 친화력으로 작용했다.

"내가 압니까, 사장님이 알지?"

10년 정도 윗터울이 지는 김 사장에게 나는 거의 반말투로 결정을 떠넘기고 그의 말을 기다린다. 작업화를 신은 채 마루에 걸터앉아 하늘을 올려다보는데, 비가 또 그치는가 싶기도 하다.

"오려면 시원하게 쏟아지든가."

비 오기를 은근히 바라는 속마음이 혼잣말이 되어 나도 모르게 튀어나온다.

"그라문…… 그냥 허재. 비 오문 철수허드라도……."

"노중에 철수하면 일당 반대가리 칩니다!"

먼 산에 구름이 일면
혹등고래는 그 큰 지느러미로
하늘을 펄럭거리며 날아다닌다

꽃 핀 자리 위로
다시 구름이 피면
화개는 잠시 흑백 쉼표 속에 갇힌다

"그라등가 말등가. 비도 와 쌌는디, 반대가리로 술추렴이나 허지 머!"

비가 오는지 가는지 여전히 갈피를 잡지 못하는 상황에서 공사장으로 나섰다. 이미 일꾼들이 나와서 각자의 파트에서 각자의 연장질을 하고 있다.

몸뻬 아저씨는 어제와는 다른 몸뻬바지를 입고 가공된 철근을 나르고 있다. 이집트에서 왔다는 일용직 기모도 오늘 사용할 거푸집 널빤지를 옮겨 쌓고 있다. 이것저것 너저분하게 쌓여 있고 흩어져 있는 현장은 또 나름대로의 질서를 갖추고 순서대로 움직인다.

턱에만 수염을 기른 설비 아저씨는 이층 화장실쯤으로 보이는 곳에 배관을 놓고 있다. 전기공 아저씨도 커다란 덩치를 구부정하게 반쯤 접고 앉아 스위치와 콘센트 자리에 전선을 깔고 전원 박스를 심고 있다. 있을 자리에 있을 것들이 깔리고 박히고 세워지는 가운데, 빗방울이 투둑 다시 떨어지기 시작한다.

찔끔거리던 빗방울에 어느새 공사장이 지분거리며 젖어간다. 배관을 하는 설비 아저씨와 접었던 몸을 펴는 전기공 아저씨와 철근작업을 하는 하나, 둘, 셋, 여럿의 아저씨들과 혼자서 널빤지를 나르고 쌓고 있는 기모의 후끈한 몸 위로 작정한 듯 비가 쏟아진다. 오래참은 설움처럼, 바늘 맞은 물풍선처럼 검은 먹구름은 터지듯 비를 쏟아낸다. 오전의 공사 현장이 흥건하게 점심시간으로 넘어간다. 이제 본격적으로 장마가 시작될 모양이다.

식당에 들어서자 먼저 와 자리를 잡고 있던 일꾼들은 하나같이 웃통을 벗어젖히고서는 각자의 수건으로 젖은 몸을 닦고 있다. 낮은 온도로 맞춰 켜 놓은 에어컨 탓에 몸에서는 훈김이 흐릿하게 오른다.

"아이고 마, 영업집에서 이기 뭐하는 짓이요?"

식당 아주머니가 한 아저씨의 등짝을 찰싹 후려치며 각지지 않은 경상도 사투리로 쏘아붙인다.

"워쩌? 이 아즘씨가 외간 것 맨살에 손을 대아불구마이."

등짝을 맞은 아저씨가 여전히 젖은 윗옷을 꿰어 입으며 반찬 그릇을 놓고 있는 아주머니를 보고 너스레를 떤다. 그릇마다 푸성귀가 잔뜩이다. 머윗대, 참나물, 오이무침, 가지찜, 두릅, 엄나물, 명이, 매실 장아찌 등 지리산이 품었다 내어준 것들과 땡땡하게 독이 잔뜩 오른 땡초와 상추, 말간 물김치가 상이 비좁도록 놓이고, 잰피(조피)가 듬뿍 들어간 배추김치가 붉은 방석처럼 군데군데 자리를 차지한다.

"옴마, 이 풀때기만 처묵고 워찌게 일한다냐! 아즘씨, 우덜이 무신 쇠앙치맹키로 뵌다요?"

"하이고매 먼 성질머리가 꼬랑질에 불붙은 강생이 같노. 쫌 기다리보소!"

그렇게 핀잔을 주고 주방으로 사라졌던 아주머니가 양은 쟁반에 담긴 커다란 닭백숙을 들고 나온다. 닭이 아니라 오리라고 해도 믿을 만한 크기의 백숙은 놓을 자리가 없어 들고 먹을 판이다.

쟁반에서는 먹음직한 김이 오르고 식당의 양철판 지붕은 대폿집 젓가락 두드리는 소리를 낸다. 식당 밖으로 빗줄기가 서로 부딪혀 부서지면서 뿌연 장막을 이룬다. 후텁지근한 식당 안이 쏴아아 쏴아아 빗소리에 갇힌다.

"뭔 노메 비가…… 구녕 뚫린드끼 온다냐. 일은 다 혔네. 아즘씨

여그 막걸리나 너댓 뱅 갖다 주씨쇼!"

비를 핑계로 본격적으로 술판이 벌어진다. 닭 다리를 서로 챙겨 주고 술잔이 오가고 푸성귀가 우적우적 씹히는 소리가 빗소리에 잠긴다. 나도 한두 잔 받아 마시다가, 서너 잔, 한 병 두 병, 그다음은 모르겠다. 명치 끝 즈음에서 뭉쳐 있던 긴장감이 풀어진다. 잔뜩 각을 세우고 굳어 있던 어깨가 느슨하게 주저앉는다. 입에서 웃음이 실실 비어져 나온다. 김 사장이 술잔을 건넨다. 점심때가 다 지나도록 비는 그칠 줄을 모르고 시간은 갈수록 눅진하게 늘어진다.

창밖에서 철퍼덕, 하는 물소리가 들린다. 비가 고여 만들어진 물 둠벙을 누군가 첨벙거리는 것 같았다. 아니. 그보다 더 큰 무언가가 물 표면을 후려치는 듯한 소리다. 나는 총알을 피하듯 눈만 빼꼼히 내밀어 창밖을 살폈다. 순간 커다란 날개 같은 것이 눈앞을 칼로 긋듯 스치며 장맛비 속을 내리친다.

한눈에 다 들어오지 않는 거대한 혹등고래 한 마리가 비로 가득한 허공을 날고 있는 것이었다. 이따금 날개 같은 긴 가슴지느러미를 휘저으며 물박수를 한다. 그러다가 산더미 같은 그 몸이 솟구쳐 오르더니 허공중에서 쏟아지듯 쓰러진다. 바다가, 아니 허공이 두 쪽으로 갈라지면서 물인지 비인지 고래가 만든 포말 속으로 나는 속수무책으로 빨려 들어간다.

거대한 혹등고래가 낸 물의 길을 따라, 꼬리지느러미를 따라 나는 내려간다. 조금씩 몸을 조여오는 압력을 느끼며 고래의 유영을 넋을 놓고 쳐다본다. 고래의 움직임은 시간을 두 배, 세 배로 늘린 듯 아주 느리게 물속을 미끄러져 날아다닌다. 물 표면을 투과한 햇빛이

고래의 몸에 햇무늬를 만드는가 싶더니 어느 순간 그 깊이를 알 수 없는 짙푸른 심해로 장면이 바뀐다. 고래는 꼬리지느러미를 위아래로 흔들며 걷는 것 같기도 했고, 가슴지느러미를 활짝 펴고 나는 것 같기도 했다. 휘파람 같은 길고 가는 소리를 내며 내 쪽으로 다가오다가, 고래는 심해의 짙푸른 어둠을, 그 어둠 속에 박혀 있는 나를 꿀꺽 소리도 없이 한입에 삼킨다.

나는 한 번도 느껴보지 못한 칠흑 같은 고래의 뱃속에서, 온몸이 조여드는 심해의 짙푸른 압력 속에서, 막걸리 두어 병에 혼곤히 젖어 들었던 낮잠 속에서 빠져나온다. 고래의 호흡공을 통해 뿜어져 나오듯 장마의 습기 속으로 내팽개쳐진 나는 현실을 더듬거린다. 내가 누워 있는 자리가 고래의 뱃속인지, 철근으로 뼈대만 세워놓은 미완성의 집인지 분간이 가지 않는다.

나는 습기로 가득 찬 꿈자리를 철퍼덕거리며 자리에서 일어나 앉는다. 장마의 장막 저편에서 아주 길고 가는 고래의 휘파람 소리가 들리는 듯하다.

소리가 보이는,
풍경이 들리는

새벽에 잠이 깨면 나는 불을 켜듯 책을 켠다. 낮은 조도에 드러나는 책의 속살은 내용과 무관하게 늘 누르스름하다. 검고 작은 글자들이 꿈틀거린다. 꿈틀거리는 저 '보디랭귀지'는 해독이 되지 않는다. 아직 덜떨어진 잠 부스러기에 가려 쉽게 내용이 들어오지 않는다.

나는 잠시 고개를 들어 마주한 창문을 바라본다. 가득 차서 넘칠 것 같은, 금방이라도 집 안으로 쏟아질 것 같은 어둠. 그 창, 그 유리면 위에 내가 떠 있다. 산발한 머리를 하고 잠에서 덜 깬 눈을 게슴츠레 뜨고 나는 나를 바라보고 있다. 새벽의 창은 정신 차리지 못한 나를 펼쳐 읽기 시작한다. 쉽게 독해되지 않는.

얼마 전까지만 해도 창은 가을로 분주했다. 먼 데 산꼭대기의 나무들은 가지를 털며 하늘과 경계한 지점에서 붉게 휘발하고 있었다. 하늘은 붉어지지 않고 더욱 파랗게 질려갔고, 산은 어깨며 허리 쪽으로 홍조를 흘렸다. 이윽고 온 산이 붉게, 누렇게, 여전히 푸르게 물들어가면서 계절을 익혔다. 마을마다 감나무에서 씨알 굵은 감이 익어갔다. 가을 햇빛이 그 발갛고 투명한 속살을 투과하며 반짝거렸다. 과육에 피가 돌면서 곳곳에 주홍색 등불이 켜졌다.

이때 즈음이면 창은 시나브로 환해졌다. 온갖 냄새와 소리가 물을 밀 듯 밀려왔다. 창밖에서 가을의 것들은 개별적으로 다가오지 않고 한데 뭉쳐서 총체적으로 다가왔다. 뽀득하게 닦아놓은 물기 가

신 하늘 밑에서 개개의 색과 소리와 냄새가 뒤엉켜 창문 속에서 오감의 폭죽들로 터졌다. 나는 그 앞에서 오소소 소름이 돋았다. 차가워진 공기 탓만은 아니었다.

그러고는 얼마 후 바람에서 날이 느껴진다. 봄 여름 가을을 거쳐 벼려온 칼날처럼 바람은 사물을 예리하게 저며온다. 찬바람이 분다. 그 바람의 칼날이 무뎌지고 나서야 나는 내가 살 집을 완성했다. 이 집에 내가 가진 9할 즈음을 갈아 넣었다. 결국 집은 내 아집 덩어리가 되었다.

"뭐던다고 이리고 창을 많이 낸다요?"

집의 골조를 담당했던 시공사 사장이 설계도면을 보고 한 첫마디였다. 그랬다. 나는 사방으로 창을 냈다. 정동향을 바라보고 앉은 집 네 면에 구멍을 뚫었다. 땅을 일으켜 벽을 세운 자리가 막히지 않게 동쪽에는 커다란 통창을 내고, 서쪽에는 지는 해의 꼬리를 바라볼 수 있는 쪽창을 냈다. 북쪽으로는 지리산의 줄기가 끊기지 않고 집 안까지 흘러들 수 있도록 긴 창을 내었다. 지리산은 몸치장을 바꿔가며 사시사철 방 안으로 출렁거리며 흘러들었다. 남쪽으로는 현관을 뚫어 집의 안과 밖이 수시로 내통하게 했다. 고이지 않도록, 넘치지 않도록 현관을 통해 자연과 우리의 잡다한 일상이 내외 없이 서로 섞이게 했다. 더불어 현관의 맞은편에 또 다른 출입문을 뚫어 남과 북이 한 숨통이 되게 했다.

그리하여 집의 안과 밖을 원활히 소통하게 했다. 사방에 뚫은 구멍은 창과 문이 되었고, 창과 문은 다시 소통이 되었으며 소통은 숨통이 되었다. 그렇게 철이 바뀌어도 변함이 없는 자연과 소소한 일상의 조짐들이 한통속이 되어 지리산 밑자락에 기대기 시작했다. 살 것 같았다.

10여 년 전, 인도에서 나는 바람의 궁전을 본 적이 있다. 자이푸르의 그 난장 같은 길거리에서 올려다본 궁전의 창들은 마치 나를 표적지로 두고 쏘는 듯했다. 헤아릴 수 없이 많은 창은 각각 하나씩의 시선이 되어 나를, 사람들을, 거리를 일방적으로 쏘아보고 있었던 것인데, 그것이 하와마할, 즉 바람의 궁전이 지어진 목적이라고 했다.

여러 100년 전, 출입이 자유롭지 못했던 왕실의 여성들은, 창문 수만큼이나 많았던 왕의 여인들은 이 궁전 안에 모습을 감추고 거리를 내려다보았다고 한다. 밖에서는 안을 볼 수 없으나 안에서는 밖을 빠짐없이 관찰할 수 있는 창의 구조. 겉으로 큰 창이 나 있고, 겹으로 쪽창이 덧달려 있어 안으로 향하는 시선은 차단되어 있었다. 그리고 쪽창 주변으로 다시 무수히 많은 구멍이 뚫려 있어 바람이 통하게 만들어놓았다.

왕실의 위엄에 갇혀 있던 여인들은 이 얇은 벽 안쪽 창가에 다닥다닥 달라붙어 세상을 엿보았던 것이다. 그 여인들이 앉았던 자리에서 나도 자이푸르의 사암으로 붉은 거리 풍경을 내다보았다. 이국의 번잡한 일상이 마치 소용돌이를 일으키는 황토물처럼 흐르고 있었다.

오로지 내다보기 위해서 지어진 궁전은 천 개의 눈과 천 개의 귀를 달고 천수천안관자재보살千手千眼觀自在菩薩처럼 세상을 관음觀音하고 있었다. 안과 밖을 바람만이 왕래하던 그곳에서 나는 세속의 땟국물을 뻘뻘 흘리면서 속세간을 관음하고 있었다. 불국佛國의 땅

창을 열면
구름과 햇빛과 바람이
맨발로 수시로 넘나든다

봉두난발의 구름이 흘깃
창 안쪽을 엿본다
내가 내다보는지도 모르고

에서 나무관세음보살!

소리音가 보이는觀 창. 달빛 없는 한밤에 눈 내리는 소리가 사륵 사륵 쌓이던 창. 쌓였던 눈이 여린 나뭇가지나 가파른 지붕에서 떨어지는 소리도 스르륵, 풀썩 쌓이던 창. 저녁상 물리고도 한참 후에야, 뽀드득 눈 밟는 소리를 앞세우고 귀가하시는 외할아버지. 그 넓은 어깨 그림자가 얼비치던 창. 그림자마저 소리가 되던 창. 그 창에는 뽀얀 창호지가 발라져 있었는데, 바깥의 기미를 소리로 넘겨볼 수 있는 창이었다.

들리는 소리에, 비치는 그림자에 벌컥 문부터 열어보지 못하고, 짐작해보고 싱상해보면서 바깥의 사정을 그려보던 그 창. 아궁이 군불 냄새가 풀풀 날리던 그 방에는 창호지 문이 있었다. 한겨울 예각으로 불어닥치던 바람이 문풍지에서 파르르 떨리다가 무릎맡 화롯불에서 숨이 멎기도 하던 그 방의 창. 세상에 보이는 것들과 들리는 것들과 그리고 어린 내가 아직은 알지 못하는 모든 것들이 창호지를 통과하면서 순하디 순하게 스며들던 곳. 각지고 날 선 것들을 둥글게 깎아서 아직 잠에서 덜 깬 어린 외손주의 머리맡에 해사한 아침 햇살로 깔아주던 유년의 그 창호문이 귓전에서 덜컹거린다.

지리산에 기대어 살면서 습관처럼 계절의 조짐을 엿본다. 이 계절에서 저 계절로 넘어갈 무렵이면 창문은 어느새 환절의 기미들을 여러 장 복사해 확인되지 않은 풍문들을 대서특필한다. 나는 지금 그 창, 동쪽으로 난 커다란 통창 앞에 앉아 있다. 위쪽 어깨가 잘 익어가는 장작 난로 옆에 앉아서 넘어갈 기미가 보이지 않는 겨울을 내다보고 있다.

여전히 겨울의 몸은 헐겁다. 아직 녹지 않은, 버짐처럼 허옇게 일어난 잔설들을 정수리에 이고 앞산은 멀뚱하다. 헐겁고 멀뚱한 겨울의 풍경을 바라보며 봄을 짐작하기는 내생來生을 짐작하기보다 어렵다. 저 창에서 만발하던 꽃사태를 나는 믿을 수가 없다. 그러나 액자마냥 걸린 창의 한쪽에서 믿기지 않는 전설의 단서처럼 이른 매화가 그 어린 가슴을 터뜨린다. 허공에 풀어질 듯한 저 여린 살빛을 감당하지 못한다. 전설을 믿을 것인가 말 것인가. 나는 서둘러 터지는 매화 향기를 흠뻑 묻혀 '입춘대길' '건양다경' 입춘첩을 내걸고 싶어진다.

나는 장작 난로 옆, 속 깊은 의자에 앉아서 그런 창을 내다보고 있다. 보이는 풍경을 보지 않고, 보여주는 창을 사유한다. 덜떨어진 잠 부스러기를 달고 검은 유리창 앞에 앉은 나와, 갈무리되지 않은 50 생의 봉두난발한 모습이 비치던 새벽의 창을 생각한다.

녹음방초 승화하는 여름이 가고, 한로삭풍 속에서도 제 절개를 굽히지 않는 황국단풍의 계절도 가고, 낙목한천 찬바람에 백설이 펄펄 휘날리는 계절이 오고 또 가는 <사철가>가 그림처럼 펼쳐지는 사철 다른 액자창을 생각한다. 풍경마저 소리가 되던 유년의 창호문과 인도 자이푸르의 관음의 창을 생각한다. '뭐던다고 이라고 창을 많이 낸다요' 하던 구례 건축사 사장의 짙은 사투리를 생각한다.

그러게! 나는 어쩌자고 이렇게나 많은 창이 뚫린 집을 지었을까. 몇 해 전, 찬바람이 불고도 한참 후에야 나는 창 많은 집을 완성했다. 벽을 세우고 방을 만들고 방과 거실에 문을 만들었다. 집 안은 창을 통해 집 밖으로 눈길(시선)을 만들고, 그 길을 따라 사람의 길은 이리저리 뻗어 마을과 마을이 이어지게 했다. 빈 감나무 가지가 차디찬 겨울 허공으로 길을 내기도 했다. 새들은 수시로 날아와 감 대신 열렸다가 해가 지면 제 그림자를 끌고 하늘의 길을 따라 숲속으로 숨었다. 겨울에도 늘 푸른 숲은 집과 집 사이에서 그 집을 잘라먹거나 지우기도 했는데, 숲 속의, 집 속의, 내 속의 아내는 여전히 나를 들여다보거나 내다보는 창가에서 서성거렸다. 숲과 집 사이의 창은 안과 밖이 갈라서지 않도록 한 숨통으로 연줄을 댔고 나와 아내 사이의 창은 그 속이 다 말갛게 보이지는 않는 창호문이 되었다.

나는 아내를 늘 짐작했고 아내는 나의 그림자를 늘 더듬거렸다. 안과 밖의 경계에서, 나와 아내 사이에서 창은 서로에게 가닿는 길의 입구가 되기도, 출구가 되기도 했다. 그 창에 새로운 계절이 당도하면 아내에게로 향하는 창이 조금 더 많아졌으면 한다. 그랬으면 좋겠다.

매일 바뀌는 풍경은 읽어도 읽어도 끝이 없고
볕과 그늘을 고쳐가며 다음 계절로 넘어간다

3

나는 조용히

———

쌀을
계량해

글로
집을

짓는

다

달의 뒤편에서 울리는 종소리

눈을 뜨자마자 습관적으로 라디오 스위치를 올린다. 피아노 협주곡이 흘러나온다. 피아노 소리는 연주자의 산발한 머리처럼 날뛰다가 다시 차분해진다. 아내는 아직 잠자리에서 일어나지 않고 창밖은 여전히 캄캄하다. 12월 어느 지점까지는 해 뜨는 시간이 계속 늦어질 것이다. 실내에는 기분 좋은 한기가 맴돈다. 나는 가만히 라디오 앞에 앉는다.

12월은 아니었지만 그때도 겨울이었다. 겨울의 끝 즈음이었을 것이다. 직장에서 일 년 중 가장 중요한 프로젝트를 끝내고 마련한 회식 자리에서 모두들 얼큰하게 취해 있었다. 힘겨운 고비를 같이 넘겼다는 동료애가 취기를 한껏 더 부풀렸다.

"자아, 자리 옮겨서 한잔 더 해야지?"

내가 이렇게 말했는지, 다른 누군가가 그렇게 말했는지 지금은 기억에 없다. 자리를 정리하고 갈 사람들은 보냈다. 남은 사람들도 혀가 꼬이거나 비틀거릴 정도는 아니었다.

"우리 집으로 갑시다."

내가 말했다. 나는 얼마 전에 마련한 진공관 오디오를 자랑할 심산으로 동료들을 집으로 이끌었다.

"저도 가도 돼요?"

털이 풍성한 고양이의 앞발 같은 벙어리장갑을 끼고 그녀가 발

언제부턴가 그녀는
늘 내 시선 끝에서 높은음의 허밍처럼
떠돌고 있다

그레하게 말했다. 그녀는 얼마 전 중요한 시험을 앞두고 우리 직장을 그만뒀다. 누군가 회식에 같이 참석하자고 권했던 모양이다.

술기운을 덧입고 나와서 그런지 바깥 날씨는 몹시 쌀쌀했다. 일행들은 망설일 것도 없이 택시를 나눠 타고 집으로 향했다.

혼자 사는 아파트에 거의 처음으로 사람들이 북적거렸다. 좁아터진 실내는 바람을 너무 많이 불어 넣은 풍선 같았다. 겨울 한밤중에 조금만 더 들썩거리면 터져버릴 것처럼. 거실에 설치된 빨간색 진공관 앰프와 한눈에 봐도 오래돼 보이는 스피커, 에는 관심도 주지 않고 사람들은 자리를 잡자마자 맥주병을 따고 과자 부스러기를 쏟아놓았다.

나는 조금 지쳐 있었다. 아니, 아주 많이 지쳐서 술기운이 아니면 금방이라도 쓰러져 한 일주일 정도는 거뜬히 사경을 헤맬 자신이 있었다. 대학 지원을 앞둔 고3 수험생들과 학부모들에게 두어 달의 기간 동안 영혼이 있었던 흔적까지 탈탈 털린 상태였다(나는 당시 학원 운영과 입시 컨설팅을 하고 있었다. 중대한 프로젝트란 입시 프로그램을 말한다). 어디라도 좋으니 좀 기대고 싶었다. 이 술자리가 끝나면 이제 좀 쉬리라, 그렇게 마음먹었다.

두어 시간이 지나서야 사람들은 겨우 자리를 털고 일어났다. 집으로 들어올 때보다 많이들 취해 있었다. 그렇게 떠들었는데도 옆집에서 항의가 들어오지 않은 걸 보면 신기했다. 사람들은 중요한 일을 끝낸 뒤의 성취감 따위는 이미 잊어버리고 한계치까지 차오른 취기를 겨우 다스리며 각자의 집으로 돌아갔다.

일순 실내는 사람들이 빠져나가고 난 다음의 썰렁함과 맥주병

146

들로 마치 재활용 봉투 속처럼 칙칙하고 너저분했다. 내가 자랑하고 싶었던 오디오에는 일말의 관심도 보이지 않았으므로 다음 날 모두 숙취로 고생을 좀 했으면 좋겠다고 나는 생각했다.

"제가 치울게요."

쓰러진 맥주병을 세우며 그녀가 말했다. 그제야 나는 깨달은 듯 동그랗게 눈을 뜨고 그녀를 쳐다보았다. 무슨 이유에선지 그녀는 그 자리에 그대로 남아 있었던 것이다.

'돌아갈 집이 없나, 택시비가 없나. 아니면 아, 그렇군. 분명히 저 빨간 진공관 앰프와 고풍스러운 스피커에서 흘러나오는 음악을 듣고 싶은 걸 거야. 틀림없어! 나와 단둘이 술을 한잔 더 하고 싶을 리는 없잖아? 아니면 말고.'

어수선한 뒷자리를 치우는 그녀를 놔두고 나는 오디오에 전원을 켜고 CD를 걸었다.

스피커에서는 피아노의 또랑또랑한 타건 음이 흘러나왔다. 젊은 시절의 아르헤리치Martha Argerich(피아니스트)가 연주하는 <라흐마니노프 피아노 협주곡 3번>이었다. 그녀가 뿜어내는 피아노 소리는 그녀의 길고 검은 머리처럼 물결치는가 싶기도 하고 산발한 듯 날뛰는가 싶기도 했다. 어느 순간 커다란 바위를 강하게 타격하는 파도였다가, 헤아릴 수 없이 자디잘게 쪼개지는 포말이기도 했다. 그러다가 유유히 흐르는 고요한 물결이기도 했다. 그렇게 피아노 소리는 강약을 조절하며 밤의 어둠을 조금씩 더 밀고 나갔다.

"맥주 한잔 더 할까?"

나는 아르헤리치를 남겨두고 냉장고에서 새로 병을 꺼냈다. 대

충의 정리를 마친 그녀는 빨간색 벙어리장갑을 무릎 위에 올려놓고
는 음악을 듣고 있었다. 무릎이 동그랗고 귀여웠다.

"소리가 정말 좋네요. 클래식 좋아하세요?"

그녀는 내가 따라 준 맥주로 입술을 살짝 적셨다.

"음, 좀 있어 보이지? 그런데 클래식은 거의 몰라. 오디오 준비하
면서 딸려 온 음반이야. 연주자의 검은 머리가 마음에 들어서……."

나는 그녀에게 앨범을 건넸다. 아르헤리치의 얼굴이 검은 바윗
덩어리에 새겨진 거대한 조각 같았다.

"사실은 난 이런 음악이 더 좋아."

나는 마시던 맥주잔을 내려놓고 CD플레이어에 야신타Jacintha의
음반을 바꿔 걸었다. 10번 트랙을 골라 플레이 버튼을 눌렀다. 스피
커에서 흘러나오는 노래는 숨소리까지 명료하게 들렸다. 양쪽 스피
커 사이에서 야신타는 연한 하늘색 실크 이브닝드레스를 입고 마이
크도 없이 <Moon River>를 부르고 있었다.

다음 소절을 위해 숨을 들이마실 때마다 하얗게 드러난 그녀의
어깨에서 투명한 빛이 튕겨 올라오는 것 같았다. 밝고 섬세한 빛들.
무반주의 생목소리가 나와 그녀 사이에서 살랑거렸다. 야신타의 입
술이 살짝 벌어지는가 싶더니 끝을 흐리는 숨소리가 번져 나왔다.
눈은 지그시 감겨 있었고, 스타카토의 피아노 소리가 못을 박듯 울
렸다. 고개가 왼쪽으로 조금 기울었다. 목선이 얇았다. 가슴이 오르
락내리락했다. 달의 뒤편 어디 즈음에서 격렬한 종소리가 들려왔다.

그날 밤, 아직은 아내가 아니었던 그녀와 나는 <Moon River>에서
밤새도록 첨벙거렸다. 날 새는 줄 모르고.

잃어버린 반 걸음

떨어뜨린 커피콩을 줍다가 좌탁 밑에서 아내의 안경을 찾았다. 며칠 전부터 찾던 안경이다. 평상시에 자주 손 가던 데는 물론이고 집 안 구석구석을 찾아도 보이지 않던 안경이 좌탁 밑에서 발견된 것이다. 내가 찾은 것이 아니라 커피콩이 찾은 것. 커피 그라인더에서 우연히 튀어나온 콩이 또 하필 그 밑으로 굴러가 내 시선을 그쪽으로 이끌었던 것. '애타게 찾아 헤매던 끝에'가 전제가 되고 '우연'이 찾아준 것이다.

그렇게 찾다 포기한 것들을 일상의 엉뚱한 구절 속에서 찾게 될 때가 있다. 재미없어 던져버리려던 책의 갈피 속에서 문득 찾은 소중한 문장처럼, 커피콩이 찾아낸 안경처럼, 우리는 잃어버렸던 것을 우연한 기회에 맞닥뜨리게 되거나, 잊혔던 것을 아무런 관련이 없는 어떤 것 때문에 떠올리거나, 풀리지 않는 문제의 해결을 위해 전전긍긍하다가 싯다르타의 새벽 별처럼 돈오의 순간을 맞을 때가 있다. 혹은 아무런 노력도 기울이지 않았는데 찾을 수밖에, 해결할 수밖에, 만날 수밖에 없는 운명이 작용할 때도 있다.

처음부터 목숨을 걸고 찾아 헤매는 것도 있다. 찾기의 대명사는 뭐니 뭐니 해도 '엄마 찾기'다. 그것도 삼만 리나 떠돌면서 말이다.

조선 성종 때 이금준이라는 다섯 살 난 아이는 70냥에 노비로 팔려간 엄마를 찾기 위해 전국을 떠돈다. 충청도를, 김해를, 부산을,

의주를, 자나 깨나 잊지 못하는 엄마의 품을 그리며 장장 12년을 동가식 서가숙한다. 금준이가 엄마의 품에 안겼을 때는 이미 장성해서 암행어사가 되어 있었다. 국가 등록 문화재로 등재된 김종래 화백의 《엄마 찾아 삼만 리》다.

아홉 살 난 마르코는 돈 벌러 간 엄마를 찾기 위해 남미행 배를 탄다. 이탈리아의 제노바에서 아르헨티나의 부에노스아이레스까지 지구의 절반이 넘는 여정을 거치며 마르코는 어른들 세계의 볼 장을 다 보면서 엄마를 찾아 헤맨다.

내일이면 닿을 거리에 있던 엄마는 막상 찾아가면 이사를 가버리고 없다. 그러나 우리의 마르코는 실망하지 않는다. 포기하지도 않는다. "가도 가도 끝없는 삼만 리." 데리고 다니는 원숭이를 어깨에 올리고 어린아이가 감당하기에는 벅찬 어른들의 세계 속으로 엄마를 찾아 떠난다. 그리고 그 길 끝에 병든 엄마가 기다리고 있다. 다카하타 이사오 감독이 그려낸 <엄마 찾아 삼만 리>다.

이금준과 마르코에게는 커피콩 같은 우연은 없다. '길 가다 어쩌다 마주친 아줌마가 오래전에 헤어진 엄마였어' 같은 손쉬운 결말은 없는 것이다. 목숨을 걸 만큼 온갖 고난을 겪은 끝에 엄마를 만나게 되는데 이 이야기의 핵심은 '애타게 찾아 헤매다'이다.

이금준과 마르코는 이탈리아 작가 에드몬도 데 아미치스가 쓴 <아펜니노산맥에서 안데스산맥까지>라는 단편에 족보를 대고 있는 배다른 형제다. 그 둘은 애타게 찾아 헤맬 수밖에 없는 혈족의 가업을 충실히 이행한 결과, 꿈에도 그리던 엄마와 극적 상봉을 하게 되는 것이다. 나는 이 사실을 네이버 검색에서 하나도 애타하지 않으며, 삼만 리를 헤매지도 않으며 앉아서 찾아냈다.

한 번은 이런 일이 있었다. 평소 자주 가던 순댓국집에 오랜만에 아내와 점심을 먹으러 갔다. 아내는 콩나물국밥(하던 대로), 나는 순댓국밥(하던 대로), 그리고 막걸리(하던 대로)를 시키고 상이 차려지기를 기다렸다. 그런데 정작 주인아주머니가 들고 나온 것은 국밥 딸린 막걸리가 아니라 꼬리표 달린 카디건이었다. 아내와 나는 순간 미묘한 눈빛이 교차했다.

"또 한 건 하셨군!"

행방이 묘연하던 아내의 카디건은 국밥집에서 한 달여를 그렇게 푸욱 고아지고 있었던 것이었다.

"지난번에 두고 간 걸 내가 챙겨뒀지."

"고맙습니다. 한참 찾아다녔는데…… 헤헤."

"헤헤 같은 소리 한다, 참!"

아내의 건망증은 소비를 불러일으키는 선순환적 경제에 지대한 영향을 미치는 것을 내 모르는 바 아니지만 정도가 좀 심각하다. 신용카드나 지갑을 잃어버리는 건 다반사고 안경 같은 일상의 소품들을 잃어버리는 일은 사건 축에도 끼지 못하는 그저 생활 자체인 것이다.

이러한 일상의 와중에 아내는 나를 한 번도 잃어버리거나 잊어버리지 않고 어떻게 10년을 넘겨 살아왔는지 알다가도 모를 일이다. 어디에 두었는지 신경 쓰지 않아도 늘 거기에 붙여 놓은 껌딱지처럼 결코 잃어버려서 찾는 일이 없다. 나는 늘 거기 붙어 있으므로.

생각나면 찾아서 씹으면 된다. 이쯤에서 나는 나의 정체에 대해서 잠깐 생각해본다. 나는 언제부터 느닷없이 혹은 계획적으로 아내의 남편으로 자리를 차지하고 이 집에 들어앉은 건지. 아내가 나를 찾은 건지, 내가 아내를 찾은 건지, 아니면 누군가 껌딱지처럼 둘을 딱 붙여 이 집에서 요렇게 살아라 하고 세팅해놓은 건가?

그 껌딱지의 역사는 십수 년 전쯤으로 거슬러 올라간다. 결혼 전, 아내를 만나기 시작하고 얼마 지나지 않아 우리는 서울대공원을 찾았다. 여름을 목전에 둔 늦은 봄이었던 걸로 기억한다. 봄철, 다양하고 입체적이던 초록이 짙은 신록으로 흡수 통합되면서 곧 더위를 퍼부을 참이었다. 평일이라 사람들이 드문드문했다.

나는 아직은 아내가 아닌 그녀와 반 걸음 정도의 거리를 두고 걸었다. 그녀는 좁은 보폭으로 종종종 나를 따라다녔다. 평소라면 먹지도 않았을 군것질거리를 사먹고 아이들이나 탈 법한 놀이 기구를 타고 그늘에서 맥주를 마시고 그녀와 반 걸음 정도의 하루를 구름처럼 뭉실뭉실 보냈다.

그러다 놀이공원을 나오면서 알게 되었다. 서로도 알아차리지 못한 사이에 둘은 손을 잡고 있었다. 반 걸음의 거리를 어디서부터 잃어버렸는지 모르게 둘은 땀이 나도록 손을 맞잡고 있었던 것이다. 누가 먼저 손을 내밀었는지, 내민 손을 털썩 잡았는지, 수줍게 잡았는지, 그 맞잡는 순간을 기억조차 못 하고 부지불식간에 한 매듭이 지어졌던 것이다.

우리는 모른 체했다. 처음부터 잡고 있었던 양. 처음부터 한 줄기였던 양. 그렇게 두 사람의 일상이 하나의 일상으로 많은 부분 겹치기 시작했다. 그해 겨울이 끝나갈 무렵 우리는 번갯불에 콩 볶듯 후

닥닥 결혼을 했다. 누가 말리기라도 할까 봐.

애면글면 애타게 찾아다닌 것도 아닌데 어쩌다가 이렇게 짝 찾은 짚신벌레로 한순간에 변신했는지 모르겠다. 이금준이나 마르코가 엄마를 찾아 헤매듯 목숨을 걸었던 것도 아니다. 옷장을 뒤지고 세탁기를 뒤지고 철 지난 옷 박스를 뒤져도 나오지 않던 카디건을 순댓국 집에서 조우하게 되는 것처럼 어이없는 우연을 바란 것도 아니다. 원하지도, 찾지도 않고 오히려 될 수 있으면 피하려 했던 결혼이 가진 것 없는 이 비혼주의자를 먼저 찾아왔다. 별안간, 한눈팔 사이도 없이 내 뒤통수를 후려치고는 한 여자와 나를 딱 붙여놓았다.

아무런 노력도 기울이지 않았는데 찾을 수밖에, 해결할 수밖에, 만날 수밖에 없는 이런 상황을 나는 인연이라 부른다. 특히 남녀 사이의 인연은 콩깍지를 동반하는데 사리 판단을 흐리게 하는 것은 물론이고 사물의 형체마저 미화시키는 엄청난 능력을 가지고 있다는 것은 누구나 아는 사실이다. 다만 혹독한 후유증에 시달리지 않으려면 평생을 콩깍지를 쓴 상태로 살아야 한다는 것과 인연이란 찾는 게 아니라 순응하는 것이라는 사실을 꼭 염두에 두어야 한다.

오늘도 여전히 아내는 내 옆에 껌딱지처럼 착 달라붙어 무언가를 잃어버리고 잊어버리며 일관되게 찾아다닌다.

아내여, 나도 가끔 잃어버리거나 잊어버려다오. 그러다가 어느 정도 시간이 지나고 나면 애타게 찾지는 말고 어쩌다 우연히, 혹은 필연적으로, 느닷없이 찾아주기 바란다. 그러면 나는 그사이 우리 집 좌탁 밑이거나 화개의 허름한 순댓국밥 집에서거나 안데스산맥의 어느 인디오의 집에서 조용히 기다리고 있을 터이니.

158

또, 아내가 출근을 시작했다

매일을 피부처럼 입고 다니던 트레이닝 바지를 벗고 질끈 동여맨 머리 고무줄을 풀었다. 이제 아침마다 세수를 한다(아, 아침마다 세수라니!). 정성 들여 이를 닦고 색조 없는 기초 화장품으로 얼굴을 매만진다. 늘 입고 다니던 맨투맨 티 대신 진 소재의 청색 원피스를 입는다. 그 위에 얇은 골이 패이고 보풀이 살짝 인 자주색 카디건을 덧입는다. 가느다란 손목시계(몇 해 전 헝가리 여행 중 무사 귀국을 바라며 아내에게 뇌물 공여한 것)를 차고 목걸이도 한 것 같다. 청색 원피스 치맛자락이 무릎 아래에서 경쾌하게 찰랑거린다. 발목이 짧은 와인색 양말을 마지막으로 신고 출근 준비를 마친다.

아내는 지금 막 시금치를 뽀빠이에게 건네주고 만족해하는 올리브를 닮았다. FM라디오에서 흘러나오는 음악들은 아내의 출근을 위해서 미리 신청해둔 것 같다. 물론 내가 그럴 리는 없다.

화개로 내려오기 전 서울에서도 아내는 늘 출근을 했다. 결혼 후 내리막을 걷던 직장 때문에 나는 많은 시간을 집에서 보내야 했다. 반면 아내는 매년 계약을 갱신해야 하는 기간제 교사 자리를 구해 근근이 출근을 이어갔다. 주로 경기도 지역의 중학교에 나가며 국어 교과를 담당했고 더러는 한 반의 담임을 겸하기도 했다.

퇴근 후 아내는 그날 하루 있었던 아이들과의 전쟁을 마치 페르시아 전투에 버금갈 만한 스펙터클한 표현을 써가며 나에게 얘기하곤 했다. 이때는 무조건 아내의 편을 들어줘야 했으며, '아이들의 입장도 고려해야 하지 않을까'라는 피아 식별이 불분명한 말을 했다가는 가정의 평화적 분위기는 순식간에 급반전할 수 있었다. 동시에 그날의 피로를 깨끗이 씻어줄 저녁 식사가 아내의 식성에 맞춤으로 깔끔하게 차려져 있어야 했다. 그런 점에서 나는 최선을 다했다.

아내는 7년을 학교에서 국어 선생으로 근무하며 집 안팎의 경제를 담당했다. 나는 아내의 수입을 갖다 쓰지 않으면 다행이었고 가물에 콩 나듯 들어오는 비정기적 수익이 있으면 본전이었다. 그럴수록 나는 집안의 일에 성심과 성의를 다했다, 고 말하면 아내가 동의할지 모르겠다.

화개에 내려와서도 아내의 출근은 계속 이어졌다. 내려오자마자 지역의 조그마한 마을신문 기자로 일하더니 또 어느새 순천의 한 중학교에 국어 교사로 일자리를 얻었다. 이어서 화개중학교에서 교무행정원으로, 초등학교 상담사로 끊임없이 바깥에서 일거리들을 찾았다. 아내는 안사람이 아니라 '바깥양반'으로서의 정체성을 확고히 굳혀 나갔다.

그리고 얼마 전부터 또 새로운 직장을 얻어서 출근을 시작한 것이다. 언제부턴가 아내는 청소년을 대상으로 한 상담에 관심을 가졌다. 어떤 계기로 그런 것인지 구체적으로 물어보지는 않았으나 늘 아이들과 생활하다 보니 어쩌면 자연스러운 일일지도 모른다.

아내는 이러저러한 상담 자격증을 따기 시작했고 기회가 생기는 대로 현장 실습을 경험했다. 상담 이론 공부도 게을리 하지 않는 눈치였다. 그런 노력이 조금씩 쌓이는가 싶더니 하동의 한 초등학교에 상담교사 자리를 얻은 것이다. 바라던 일을 시작하게 된 아내는 몹시 들떴다.

아내가 그렇게 바깥일을 찾아 화개에 적응해가는 동안 나라고 집에서 가만히 놀고만 있었겠는가. 돈이 될 만한 일을 찾아 마을의 허드렛일을 도맡아서 하기도 하고 화개의 특산품인 녹차 일을 하기도 했다. 녹차 일은 뜨거운 한낮을 피해 대부분 새벽부터 시작해서 점심식사 전에 끝난다. 오후 시간이 온전히 남아도는 것이다. 그 시간에 뭐하겠는가? 밥해야지!

나는 꾸준히 밥을 하고 반찬을 만들고 무엇을 어떻게 먹을지를 궁리했다. 시켜서 하는 일이 아니라 좋아서 하는 일이기도 했다. 동시에 가정에서 나의 자리를 매김하는 일이기도 했다. 아내는 내가 만들어주는 음식을 덧대는 말없이 맛있게 먹어주었다. 그러다 보니 내가 음식을 잘한다고 착각하는 만행(그간 내 음식을 이렇다저렇다 말도 못 하고 먹어준 여러 지인에게 심심한 사과의 말을 전한다)을 저지르기도 했다. 아내는 퇴근하고 돌아오면 두말없이 곧바로 주방으로 향한다. 어깨에 둘러멘 가방을 내려놓지도 않고 냉장고를 열어보거나 이것저것 냄비 뚜껑을 열어본다.

"오늘 저녁은 뭐야?"

전기밥통을 열어보며 아내는 시장기가 도는 듯 힘없이 말한다.

"으응 김치찌임."

나는 커다란 곰솥을 가리킨다.

"또 양 조절 실패했군. 두 사람 먹는 거 맞아, 안 짜게 했지?"

늘 2인 분의 양 조절에 실패하는 나는 별 대꾸 없이 곰솥에서 오

그녀의 안녕은

무릎 나온 바지만큼

불룩하고 두툼하다

늘 먹을 양만큼만 조그만 냄비에 덜어 불에 올린다.

그렇게 오늘 저녁은 김치찜이다. 김장한 지 얼마 되지 않아 냉장고에 넣지 않고 일부러 익힌 김치를 사용했다. 육수용 멸치와 돼지고기 지방을 듬성 썰어 넣고 기름이 녹아 풀어질 때까지 뭉근하게 끓인다. 불을 끄고 다시마를 넣은 상태에서 또 한 시간 정도를 우려내면 김치찜 전용 육수가 만들어진다. 이 국물에 된장을 조금 풀고 익힌 김치 두 포기와 수육용 삼겹살 1킬로그램을 넣고 중약불에 역시 한 시간 정도 끓이면 저녁 시간이 행복해지는 김치찜이 완성되는 것이다.

아내는 수육에 둘둘 만 김치찜을 볼이 미어져라 입에 넣으며 '오늘 글쎄 말이야, 한 아이가 몸에 멍 자국이 있었는데 말이야……' 하며 오늘 있었던 일을 풀어내기 시작한다. 어떤 일이 있었건 간에 모두 아내가 옳은 일이다.

이런 연유로 아내는 늘 바깥일을 담당하고(대체적으로) 나는 늘 집안일을 건사하기 시작했다(대체적으로). 그리고 지금까지 아내의 '바깥양반' 역할과 나의 '안사람' 역할은 어느 정도 박자를 맞춰가며 잘 운용되고 있는 것 같다(대체적으로). 화개 생활은 그렇게 대체적으로 안정을 찾아가는 중이다.

아내의 도시락에 담는 것

저녁 시간이다. 저녁 도시락은 점심에 이미 다 먹었고, 점심 도시락은 아침 수업이 시작하기 전에 그 바닥을 드러낸 터였다. 밥이 없다고 밥을 안 먹을 수는 없지. 오로지 밥을 먹기 위해 야간 자율학습을 하는 것이므로(고등학교 시절 야간 자율학습을 위해 저녁 도시락도 싸가지고 다녔다).

아직 도시락이 남아 있는 반 친구들이 하나둘씩 모여들기 시작한다. 누가 먼저랄 것도 없이 자신의 도시락을 책상 위에 올려놓는다. 누군가 커다란 고무대야를 가져와 그 옆 책상 위에 올려놓는다. 이제 준비는 끝났다. 모두들 일사불란하게 도시락을 열어 고무대야에 쏟아붓는다. 내 밥과 네 밥을 가리지 않고, 너의 입맛과 나의 입맛이 서로 사맞디 아니함을 따지지 않고, 이런 이유로 밥도 반찬도 달걀프라이도 남김없이 한평생 나가자던 뜨거운 맹세처럼 우리는 밥을 비빈다.

수북이 쌓인 밥과 반찬 위에 고추장을 듬뿍 퍼 넣는다. 쇠를 녹일 나이에 짜고 싱거움은 문제가 되지 않는다. 참기름을 반 병 정도 두르고 모두의 입맛에 널리 이롭도록 골고루 섞는다. 고소한 향이 코끝을 찌른다. 이미 입안에 침이 가득 고이고 아까부터 일렁이던 허기가 뱃속부터 끓어오른다. 돌격 명령이 떨어지기 직전의 병사들은 장과 칼을 높이 치켜들고 하나의 타깃을 노려보고 있다. 비장미는 감칠미 앞에서 처절하게 무너질 것이다. 그렇게 우리는 고무대야 앞에서 대동단결한다.

우리 반에서 고무대야는 신성했다. 반의 대부분이 참여하는 오병이어의 대동단결 의식이 끝나면 도시락을 제공하지 않은 학생들이 뒤처리를 맡았다. 고무대야를 세제로 꼼꼼히 설거지하고 마른 수건으로 닦아서 대야 크기에 맞는 상자에 넣어 다음의 결전까지 보관했다.

"끼니는 어김없이 돌아"올 것이므로, "지나간 끼니는 닥쳐올 단 한 끼니 앞에서 무효"할 것이므로, "먹은 끼니나, 먹지 못한 끼니나, 지나간 끼니는 닥쳐올 끼니를 해결할 수 없"(김훈)을 것이므로 우리는 고무대야의 변함없는 쓰임에 경의를 표했다. 이 모든 절차가 끝나면 고무대야를 향해 보일락 말락 고개를 숙였던 것도 같다.

그러나 우리의 신성한 의식은 어느 날 갑자기 끝나버렸다. 등교해서 하나씩 교실로 들어선 반 친구들은 경악을 금치 못했다. 우리의 그, 어? 막! 아주, 그러니까, 끔찍이도 신성했던 고무대야가 대걸레를 담고 있었던 것이다. 마치 불륜의 현장을 우연히 목격한 것처럼, 만나서는 안 될 두 존재가 서로 안고 포개져 있는 모습을 바라보며 우리는 아무 말도 못 하고 입만 딱 벌리고 서 있었다.

걸레는 빨아도 걸레지만 고무대야는 그냥 고무대야가 아니어서 입시지옥의 폭정 속에서 우리를 하나로 묶어주던 사발통문 같은 것이었다. 험난한 이 시절을 타고 넘을 구명선 같은 것이었다. 그런데 우리의 고부 군수 같은 담임선생님(절대로 성함을 밝힐 수 없다)은 청소가 마음에 안 든다는 이유로 직접 행동에 나서서 그 사달을 내

시고야만 것이다.

그날 이후 우리는 각자의 자리에서 각자의 도시락을 퍼먹으며 각자의 문제집을 파헤쳤다(나는 문제집 대신 도어스나 레드 제플린의 앨범을 파고 또 팠다). 그 시절 우리에게 고무대야는 '각자'가 '서로'가 되는, 오병이어로 만인을 배 불리게 하는, 그런 비빔밥을 제조하던 성물이었던 것이다.

도시락에 대한 기억이 하나 더 있는데, 국민학교 시절(나는 초등학교가 아닌 국민학교를 다니고 졸업했다) 소풍 가서 먹던 도시락이다. 소풍 도시락은 두말없이 김밥인 것은 자명한데(소풍 도시락으로 달걀프라이에 콩자반을 싸오는 학생은 본 적이 없다) 엄마는 이 김밥을 잘 못 만드셨다. 맛은 기가 막혔지만(실실석인 맛의 원천은 소풍이라는 분위기에 있었으므로) 김밥의 모양이 영 신통치가 않았다. 굵기는 물론이고 썰어 놓은 '뽄새'가 똑같은 것 하나 없이 삐뚤빼뚤했다.

김밥 속도 어떤 것은 단무지가 들어가 있는데 어떤 것은 단무지와 단무지와 단무지만 들어가 있었다. 굵기와 높이가 제각각인 김밥 도시락을 보면 고흐의 두터운 회화 기법 같기도 했다. 얇은 나무 도시락 액자에 들어 있던 김밥은 인상파의 영향이 두드러졌던, 강렬한 색채와 거친 필체의 고흐의 그것이었다. 나무 액자 속에서 단무지 해바라기는 만발했다.

그러나 김밥이 못생겼다고 엄마에게 짜증을 낼 필요는 없었다. 둘러앉은 학생들 앞에서 이 김밥 도시락을 도대체 어떻게 열어 보인단 말인가, 하는 걱정은 할 필요가 없다. 그런 문제는 얇은 나무 도시락이 다 해결해줬기 때문이다. 조그만 배낭에 과일과 음료수 병(캔이 아니라 병이다)을 넣고 그 위에 도시락을 올린다. 그리고 또 그 위에 가벼운 과자 등속을 넣는다. 그러면 배낭은 웬만큼 빵빵해져서 보기 좋게 둘러멜 수가 있었다.

소풍은 허리를 곧게 펴고 발 앞꿈치를 살짝살짝 내디디며 자연을 조용히 음미하고 걷는 것이 아니다. 우당탕탕 여기저기서 아이들은 뛰어다니고 그걸 통솔하기 위해 선생님들은 목청을 높이는 풍경은 페르시아를 이제 막 정벌하고 돌아온 기고만장한 병사들의 모습이었다.

자, 이제 머릿속에서 그려보자. 그렇게 난리 굿판을 벌이고 목적지에 도착해서 도시락을 열면? 잘 만들었건 못 만들었건 반상의 위계 없이, 귀천의 차별 없이 모든 도시락이 평등해진다. 얇디얇은 나무 도시락의 똑같은 조건 아래서 김밥은 네 것 내 것 없이 하나같이 떡이 되어 있는 것이다.

간혹 엄마가 동반해 찬합에 김밥을 싸오는 아이들은 선생님과 함께 점심을 먹었기 때문에 다른 행성이나 차원의 문제였다. 우리는 그저 반죽이 잘된 김떡을 먹으며 주머니 속의 용돈을 서로 재보고, 소풍 뒤에 찾아가게 될 문방구의 뽑기를 생각했다. 그렇게 해서 나의 김밥 도시락은 간신히 꽝을 면했다. 어차피 그렇게 될 것, 엄마의 깊은 뜻을 나는 뽑기를 뽑으며 다시금 되새겼던가?

그러고 보니까 벌써 아침 7시다. 이제 책상 앞에서 일어나 도시락을 준비해야 할 시간이다. 얼마 전부터 다시 출근을 하게 된 아내를 위한 도시락이다. 매일 식당에서 점심 사먹을 것을 걱정하던 아내가 도시락을 싸다녀야겠다고 말했다.

그 도시락 만들기는 온전히 내 차지가 되었다. 전날 반찬을 만들어놓으면 맛이 떨어져 주로 그날 아침에 도시락을 준비한다(이런 글을 쓰는 나를 아내는 무척 싫어한다. SNS에 올리는 글이나 사진만 보면 세상 없이 다정한 남편 같다는 것이 그 이유다. 사실을 사실대로 말하면 사실, 안 좋아하는 경우가 많다는 게 사실이다).

불려 놓은 쌀을 안치고 국을 끓일 육수를 낸다. 그동안 국에 들어갈 채소를 썰고 나물거리를 솎는다. 요즘은 지천에 봄나물인데, 그중에 두릅을 데쳐 나물을 할 생각이다. 손질한 두릅은 살짝 데쳐내고 가늘게 쪼개서 된장 조금, 매실액 조금, 맑은 간장 그리고 참기름 조금 해서 조물조물 무쳐낸다. 참기름 내음 뒤끝에 묻어나는 두릅 향이 쌉싸름하게 번진다. 연근도 삶아야겠다. 멸치 육수에 조리듯 삶아 낸 연근에 흑임자 드레싱이 제격이다. 아삭한 연근의 식감과 흑임자의 고소함이 입안에서 주거니 받거니 식욕을 돋울 것이다. 연근을 한입 넣고 오물거리는 아내를 잠깐 상상해본다.

그사이 밥통에서 김이 오른다. 아직은 쌀쌀한 아침 공기 속으로 밥 냄새가 가득 퍼진다. 언제 맡아도 달큰한 밥 냄새는 끓어오르는 육수 냄새와 뒤섞여서 이 아침을 벌떡 일으켜 세운다. 이제 국을 끓이자. 달궈진 냄비에 국간장을 살짝 뿌려 감칠맛을 올린다. 잘게 썬 소고기를 볶다가 받아 둔 쌀뜨물과 육수에 된장을 풀어 끓인다.

밥 냄새, 육수 냄새, 이제 된장 냄새가 더해져서 집 안이 온통 음식 냄새로 부풀어 오른다. 그때 즈음 부풀어 오른 냄새 속으로 아내가 걸어 나온다. 푸욱 데쳐진 시금치 같은 몰골은 같이 사는 사람 아니면 절대 볼 수 없는 모습이다. 데쳐진 시금치가 찬물을 한 컵 들이키는 사이 나는 된장국에 채소를 넣는다. 보글보글, 아내가 양치를 한다. 된장국이 끓어오른다. 창밖으로 해가 조금 더 솟아오른다.

내일은 메추리알과 코다리조림을 해야겠다. 묵은김치도 좀 지지고 냉장고에 가득한 봄나물도 처리해야겠다.

그렇게 매일 아침 도시락을 싸면서 나는 아내의 근황을 살핀다. 말하지 않고 넘어가는 부분들, 혹은 말로는 할 수 없는 부부 생활 속에서의 은유들을 나는 도시락을 싸면서 엿보거나 눈치챈다. 은유는 속뜻이 숨겨져 있는 경우가 많아 주의를 기울이지 않으면 무심히 넘겨버리기 십상이다. 그날의 도시락을 대하는 아내의 모습을 보고 나는 아내와 내가 빚어내는 일상의 이 비유들을 하나하나 풀어낸다. 매일.

나는, 조용히, 쌀을 계량해, 글로, 집을, 짓는다

새벽 4시다. 해가 뜨려면 한참 멀었다. 칠흑에 가까운 사위가 여전히 진득하다. 일어나자마자 주방으로 가 불을 켠다. 전날 먹었던 음식 냄새가 짭쪼름하게, 매콤하게, 달큰하게……

음, 아무 냄새도 나지 않는다.

다만 뚜껑을 덮어둔 냄비를 열자 주방 불빛이 한가득 담긴다. 어렵사리 잠든 아내의 잠(불면증)을 건드리지 않도록 온 힘을 다해, 아니 온 힘을 빼고 씻어 둔 그릇을 정리하고, 행주를 접고, 전기밥통을 열어 밥솥을 꺼낸다. 뭉근한 밥 냄새가 전날의 소주 몇 잔에 쓰린 속을 깨운다. 다행히 아내는 아직 잠 속에서 혼곤하다.

조용히, 나는, 쌀을 계량해서, 둥근 볼에 담는다.

쌀을 씻으려 준비하는 동작은 연속적이지 않고 띄엄띄엄하다. '조용히'와 '나는'과 '계량해서'와 '담는다' 사이에 최대한 음량을 줄이고 수도꼭지를 튼다.

쏴아아.

일순간 쏟아져 나오는 물소리에 '조용히 나는 쌀을 계량해서 둥근 볼에 담는다'는 문장이 첨벙거린다. 첨벙거리면서 적막강산 같은 이 새벽을 잠깐 들었다 놓는다. 아내의 방문을 쳐다본다. 아무런 기척이 없다. 이 평범한 문장이 일으키는 소리에 아내의 잠은 다행히도 안전한 것 같다. 어렵게 든 잠을 깨워서는 안 된다. 그렇게 새벽에 밥을 짓는다. 오늘은 아내의 생일이므로 조금 더 신경을 써서 짓.는.다.

밥을 안쳐놓고 아직도 꿈과 생시 어디 즈음에서 헤매고 있는 몸을 책상 앞에 앉힌다. 노트북을 켠다. 어제 다 마무리 짓지 못한 잡문을 읽어본다. 멍하니 노트북이 나를 읽어 내리는 사이, 밥통의 알림이 들린다.

쿠쿠가 고화력으로 맛있는 백미의 취사를 시작한단다.

비문이나 오문 그리고 더듬거림 없는 깔끔한 낭독이다. 잠시 후에 밥통은 뜸들이기에 들어갈 것이고, 아직도 마침표를 찍지 못한 내 잡스러운 글은 뜸만 들이다 끝날지도 모른다. 나도 고슬고슬한 문장을 갖고 싶다. 이마트나 홈플러스에서 장을 보듯 잘 지어진 문장들을 인터넷으로 자주 주문한다. 장바구니에 가득한 책들을 덜었다가 다시 담았다가를 반복한다. 어차피 내 문장이 아니잖나. 내 문장은 내가 지어 먹어야지.

1.8킬로그램짜리 양파 한 망을 담는다. 다시 덜어내고 800그램짜리로 바꿔 담는다. 한우 살치살이 잠깐 눈에 들어왔으나 못 본 체 넘어간다. 집에 국간장과 식용유가 떨어졌다. 여러 회사의 간장 성분과 제조 방법을 비교해본다. 결국 제일 싼 걸 골라 담는다. 동어반복처럼 식용유도 같은 방법으로 카트에 담는다.

이건 필요 없고 저건 양이 너무 많다. 조미료 따위, 안 쓰기로 한다. 그러나 없으면 맛이 나나, 맛이. 나는 천연조미료를 많이 가지고 있으나 활용할 줄을 모른다. '처럼'을 채를 칠까, '같이'를 나박 썰까. 이 문장은 부사가 너무 많아 칼칼하고, 저 문장은 형용사를 지나치

나는 이 집을 짓고 나서
매일
쌀을 계량하고
음식을 만들고
글짓기 놀이를 한다

그리고
수다스럽게 쏟아지는
햇살을
또박또박 받아 적는다

게 뿌려 느끼한데. 아, 또 이 단락은 너무 길어져 오버 쿡 돼버렸군! 이러다 언제 이 잡문을 마무리 짓.는.다?

생선을 두어 마리 굽고 잡채를 해야겠다. 미역국은 이미 끓여놓았고, 불고기는 어제 양념에 재워놓았으니 볶기만 하면 될 것이다. 당면을 물에 불리고 양파와 당근은 채를 썬다. 썰고 남은 당근 꽁다리를 냉큼 입에 넣고 오도독 씹는다. 달착지근한 맛이 입안에 번지면서 맥주 한 캔 할까 하는 정신 나간 생각을 다시 제자리로 돌려놓는다. 아직 겨울 냉기가 남아 있는 시금치를 살짝 데쳐내고 간을 맞추고 참기름을 두른다. 참기름의 향이 아내의 잠결로 파고들지도 모르겠다는 생각을 한다. 돼지고기 안심도 채 썰어 꾸덕하게 볶아낸다. 마지막으로 당면을 삶아서 준비된 재료와 뒤섞는디. '잡채의 미침표는 간장과 참기름이지, 암!' 하며 맨손으로 당면을 사린다. 이런, 잡채만도 못한 잡문이 되어버렸네!

잠 부스러기를 떨어내며 아내가 방을 나온다.

"아침부터 이게 무슨 난리래?"

아내는 다 알면서 질문하는 학생처럼 새초롬하게 말한다.

"생일 축하해."

"남세스럽게."

"앉아, 밥 먹자!"

"눈뜨자마자?"

"미역국부터 한술 뜨자!"

이제 막 솟은 해가 거실 창턱에 걸터앉은 이른 아침이다. 차려진 생일상을 보고 아내는 부신 표정을 짓.는.다.

몇 년 전 이맘때 나는 한창 그림 그리기에 열중하고 있었다. 아내는 내 그림 속에 구들방을 그려 달라고 했다. 그렸다. 반신욕을 하면서 지리산의 풍경을 감상할 수 있는 욕실을 그려 달라고 했다. 그렸다. 물론 통창이 있어야 하지 않겠냐고 했다.

"뭐, 욕실에?"

잔말 말고 그리라고 했다. 그렸다.

나는 앞산을 온전히 다 받아들일 수 있는 너른 거실 창이 갖고 싶었다. 내 마음이므로 그렸다. 지붕에 처마를 없애고 지붕 선이 그대로 벽을 타고 내려오게 집을 그렸다. 그러다 보니 햇빛이 가려지지 않았다. 일 년이 넘도록 해의 길을 계산했다. 해의 발이 여름엔 창 언저리에서 짧게 머물다 가도록 했다. 겨울엔 거실 깊숙이까지 들어와 오래 머물며 자분거리도록 그렸다. 내 마음이므로 할 수 있는 건 모든 걸 다 그려 넣었다. 그림의 떡(집)이 될지도 모른다는 심정으로.

그런 심정으로 나는 바람의 길도 계산했다. 역시 일 년 이상이 걸렸다. 사계절 내내 바람이 드나드는 길목을 지키고 앉아 어떻게 문을 낼지 고민했다. 바람은 흔적이 뚜렷하지 않고 사방에서 몰려와 사방으로 흩어지는 것 같았다. 그래서 사방에 바람의 출입처를 그려 넣었다. 바람은 보이지 않아 바람의 문으로 바람의 모습을 가늠해 그려 넣었다. 그 문으로 아내와 내가 그리고 우리의 일상이 수시로 들락거릴 것이라는 생각에 최대한 정성을 들였다. 바람의 문과 우리의 문이 한데 겹쳐져 어울릴 것도 같았다. 통풍이 잘돼 늘 뽀송한 일상이 유지되었으면 하는 바람이었다.

아내의 요구와 나의 욕심이 조금씩 더해져 처음엔 손바닥만 한

그림이 재벌 총수의 별장만 해졌다. 한 칸 방에 탁상시계 하나 놓는 것도 사치스러워 망설이던 법정 스님의 방을 닮자던 마음이 벼락처럼 돈맛을 알게 된 졸부의 탐욕으로 바뀐 것 같아 못내 찜찜했다.

두 번 보지 않고 다시 그리기 시작했다. 또 일 년이 걸렸다. 없어도 될 것은 덜어내고, 꼭 필요하다 싶은 것들을 몇 번의 심사를 거쳐 그려 넣었다. 심사의 기준은 스님의 탁상시계였다. 그런데 스님의 시계가 좀 고급스러웠나 보다. 몇 번을 다시 그린 그림에는 아내와 나의 욕심이 또 고스란히 담겨 있었다. 그렇게 집의 밑그림을 그리고 설계를 하고 10년 정도의 수명을 갈아 넣어서 2018년 직접 집을 지.었.다.

그 집의 지붕 아래에서 아내는 오늘 생일을 맞았다. 생일상 위로 아침 햇살이 쏟아진다. 갓 지은 밥에서 김이 오르는 모습을 잘 계산된 햇살은 여러 장 찍어대고 있다. 아마도 나는 이 사진을 SNS에 올려 착실하고 애정 넘치는 남편 됨을 자랑할 것이다. '좋아요'의 숫자를 헤아리며 봉사에 대한 보상을 받을 것이다.

이렇게 매년 생일마다 아내의 탄신을 찬양하는 글을 써 조공하고 다음 일 년의 안녕을 바란다. 더불어 아내의 건강이 늘 한결같고 나의 지랄스러움(오만가지의 신경질과 까탈스러움)이 조금은 순화되기를, 이 집 아래서 우리의 일상이 유별스럽지 않고 잔잔하기를 희망해본다.

오늘도 나는 이렇게 아내의, 아내에 의한, 아내를 위한 글을 짓.는.다.

갈치속젓을 곁들인
투움바 파스타

"여보, 제발 그러지 않았으면 좋겠어."

외출했다 돌아온 아내는 아무런 거리낌 없이 입고 있던 외투를 거실 책상 위에 올려놓는다. 손가방을 올려놓는다. 무슨 물건이 들어 있는지 모르겠지만 쇼핑백도 올려놓는다. 외출에서 얻은 피곤함도 잠깐 올려놓는다 "아, 힘들어!" 하면서 아내의 길쭉하고 후줄근한 한숨이 책상 위에 질펀하게 엎질러진다.

나는 그 모습을 가만히 지켜본다. 책상 위에 쌓여서 더미가 되는 것들을 조용히 꼬나본다. 아니꼬운 저 더미들. 나는 그 더미들을 치우지 않고 한동안 지켜본다. 처음에는 아내가 책상 위에 무언가를 올려놓는 족족 치우거나 정리하기에 바빴다. 그런데 그런 내 행동을 아내가 인지하지 못하는 것 같았다. 책상 위에 무언가 올려져 있는 상태를 싫어하는 내 취향을 전혀 신경쓰지 않는 것 같았다.

아내가 알아차릴 수 있도록 은근히 짜증도 부리고 책상 위의 것들을 들먹이며 노골적으로 틱틱거려도 보지만 아내는 전혀 미동도 하지 않는다. 결국 며칠을 두고 버틴 노력도 무상하게 내가 치우고 만다.

지난겨울에는 동네 할머니께서 주신 김장김치가 든 봉다리도 그 책상 위에 올려져 있었다. 검정 비닐 봉다리에서는 곰삭은 젓갈 냄새가 피어올랐다. 내가 치우기 전까지, 젓갈 냄새는 책상 위에 올려진 책들의 갈피마다 깊숙이 밸 것처럼 그렇게 저녁 늦은 시간까지 그 자리가 알맞은 자리인 듯 놓여 있었다.

나는 또 한동안 지켜보았다. 꼬나보면 볼수록 내 속에서 부아만 치밀 뿐, 내 시선이 아내의 마음을 움직이거나 그 검정 비닐 봉다리를 움직일 염력을 발휘할 리는 없었다. 할머니의 정성 가득한 김장 김치는 그렇게 하룻밤을 책상 위에서 문자 삼매에 들었다가 아침에서야 김치 냉장고로 옮겨졌다.

"어, 봉다리가 아직도 여기 있네?"

"그럼, 봉다리에 발이 달렸겠어, 손이 달렸겠어?!"

"그럼, 당신이 좀 넣어두지?!"

내 속이 짓갈이 되는 순간이다. 푸욱 삭아서 또 언제고야 터지고 말 것이다.

아내는 각종 고지서며 생활용품 같은, 책상과 관련이 없는 물건들도 그 위에 올려놓는다. 항상(은 아니고 일주일에 한 열흘쯤) 책상 위는 무언가로 수북하다. 책과 관련된 등속들, 일테면 독서대라든지, 연필꽂이라든지, 포스트잇 같은 것들이 한 성씨를 쓰는 집성촌 같은 분위기를 바라는 나의 바람과는 멀어도 한참 멀다. 국적 불명의 난민 수용소 같다. 갈치 속젓을 곁들인 투움바 파스타 같다.

"여보, 제발 책상 위에 저런 것들 좀 올려놓지 않았으면 좋겠어."

결국 꼬나보던 시선이 곱지 않은 말투를 만들어낸다.

"어, 알았어. 안 그럴게."

그러나 얼마 지나지 않아 책과 그 일족의 영토는 이민족의 침략으로 또다시 난장판이 되어 있다.

"여보, 제발 그러지 않았으면 좋겠어."

아내는 설거지를 한 그릇을 설거지 선반 위에 켜켜이 엎어놓는다. 물이 뚝뚝 떨어진다. 선반에 허옇게 물때가 낀다. 나는 그 꼴이 보기 싫다. 설거지를 하고 난 후, 아내가 안 보는 사이에 마른행주로 그릇을 하나하나 닦아 수납한다. 선반은 텅 비어 깨끗하다.

"여보, 그것도 좀 안 했으면 좋겠어. 젖은 슬리퍼를 나무 마루 위에 벗어놓으면 나무가 어떻게 되겠어."

"아 참, 알았어."

대답하고도 아내는 한 일 년쯤 똑같은 행동을 반복할 것이다. 아내가 출근하고 난 다음의 집 안 풍경을 훑어보면 여기저기 아내의 그런저런 흔적들이 흩어져 있다.

"이건 또 왜 이렇게……."

나는 또 무언가 꼬투리를 잡아 아내에게 곱지 않은 말투로 쨉을 날린다.

"그러는 당신도 이제 술 좀 안 마셨으면 좋겠어. 천날만날 술이야. 쯧, 술 마실 시간에 나랑 대화 좀 하면 안 돼?"

나는 맥주를 탄 소주를 한 잔 털어 넣으면서 아내의 말을 귓등으로 듣는다. 아내의 말은 내 귓등을 타고 천리만리를 달려 내 신경 밖으로 사라진다. 다시 맥주잔에 소주 절반과 맥주 절반을 섞는다. 잔 위로 밀도 낮은 아내의 쓴소리가 거품처럼 일다가 이내 꺼진다.

"그리고 이제 신경질 좀 안 부렸으면 좋겠어. 어쩜 그렇게 신경질이 매일같이 상한가를 칠 수가 있어?"

나는 아내를 힐끗 쳐다본다. 파지직, 끊어진 고압선이 튀는 순간이다. 끊어진 고압선의 모습은 모두들 알다시피 저 혼자 지랄발광이다. 가까이만 가지 않으면 아무도 다칠 일이 없다. 나는 한동안 또 그렇게 퍼런 시선을 번뜩이며 아내를 노려본다.

"내가 신경질을 부리면 또 얼마나 부렸다고 잔소리야, 잔소리가!"

십수 년을 조금 넘겨 살면서 아내와 나의 행동과 사고방식에 약간의 단차가 생기거나 엇나가면서 사달이 벌어질 때가 종종 있다. 자주는 아니고 아주 가끔. 일상에서 서로가 일으켰던 티끌들이 모여 응고되고 밀도가 높아지면서 그것이 발화점이 되는 것이다.

아무것도 아닌 사소한 불티가 그것에 옮겨 붙으면 쉽게 꺼지지 않는 은근한 밑불이 되기도 하고, 한순간에 폭발을 일으키는 걷잡을 수 없는 불길이 되기도 한다. 물론 그리 오래 가지 않는 불길이기는 하지만 각자의 고유한 영토, 그 단차 사이에 용암이 끓고 있는 것은 사실이다.

결혼 전후로 나는 아내에게 부부는 일심동체라는 말에 현혹되지도, 또 그렇게 되려고 노력하지도 말자고 입버릇처럼 얘기해왔다. 부부라고 하더라도 각자 다른 성격을 갖은 개별체라는 것, 그래서 자신이 가진 특성을 없애고 부부는 무릇 이러해야 한다는 것을 상정해두고 노력하지 말자고 했다.

다만 서로의 개성을 존중해주기. 예를 들자면 한 프레이지 안에서 서로 다른 즉흥 연주를 펼치는 악기들이 기가 막히게 어우러지는 재즈처럼.

말이 쉬워 '재즈처럼'이지 재즈가 이디 그리 쉬운 음악인가. 부부

184

사이도 마찬가지일 것이다. 하루하루 예상치 못하는 변주 속에서 아름다운, 퍽 어울리는 즉흥연주를 만들어낸다는 것, 그리 쉬운 일이 아닐 것이다. 그러나 믿어 의심치 않는 것은 평생을 두고 연습에 연습을 거듭하다 보면 훌륭한 재즈 한 곡쯤은 만들어낼 수 있지 않을까. 그 곡명은 "갈치속젓을 곁들인 투움바 파스타"였으면 좋겠다.

두 집 살림하는 아내

천천히 걸어 들어왔다. 아니, 스미듯 젖어 들어왔다. 아닌가, 들이닥쳤던가? 비혼주의자가 쳐놓은 결계를 너무도 쉽게 허물고, 아직까지는 아내가 아니었던 그녀는 깜빡이도 켜지 않고 훅하고 치고 들어왔다. 내게로 곧장 직진했으니 깜빡이를 켤 일이 없었을 것이다.

스미듯, 걸어서, 치고, 들어와, 내 마음속에 똬리를 틀고 저리 십수 년을 넘겨 꼼짝달싹 않고 있다. 내 마음속에서 쾅쾅쾅 터를 다지고 자신의 영토를 넓히고 있다. 나의 마음이 조금씩 뒤로 물러나며 아내에게 터를 내어준다.

나의 마음속에서 아내는 자기를 중심으로 길을 내고 길의 어깨에다가 하나씩 건물을 세우기 시작한다. 아내가 건설한 건물들이 조금씩 늘어난다. 아내가 똬리를 틀기 시작한 곳을 시작으로 직진 후 좌회전하면 지리산 프로젝트를 총괄하는 센터가 나온다. 센터는 언제나 분주하게 움직인다. 그곳에서는 때때로 웃음소리가 흘러나오거나 호외처럼 슬픔이 뿌려지기도 한다.

센터에서 아내는 자신의 취업 프로젝트를 설계하기도 하고, 공부방 운영 계획을 수립하기도 한다. 그곳의 주 업무는 먹고사는 것에 관한 것들이지만, 가끔은 내가 술을 끊게 할 음모를 꾸미기도 한다. 매번 실패할 것을 알면서도 아내는 그 음모를 포기하지 않는다.

센터의 뒷길로 돌아 들어가면 눈물과 한숨을 파는, 눈에는 잘 띄지 않는 남루한 가게가 웅크리고 있다. 아내는 그 가게를 보고도 못 본 척 자주 연기를 한다. 애써 외면해도 눈물과 한숨은 심심찮게 팔리는 모양이다. 그 가게의 주 고객은 아내이지만 아내는 단 한 번도 직접 방문해 물건을 사는 법이 없다. 언제나 주문하지도 않은 눈물과 한숨은 내용물을 알아차리지 못하도록 과포장되어 어느 날, 문득 배달된다.

택배가 도착하는 날이면 나는 알아서 술을 마시지 않는다. 이층 책방에 쪼그리고 앉아 아내의 눈치를 살핀다. '가만, 눈물과 한숨은 혹시 아내의 음모가 아닐까' 하는 생각을 잠깐 하지만, 아내는 그렇게까지 치밀한 사람이 아니다.

아내가 틀어놓은 똬리를 중심으로 우측 메인 스트리트에서 약간 벗어난 후미진 골목에 정체를 알 수 없는 건물이 하나 있다. 그 내부는 한 번도 공개된 적이 없이 늘 무거운 문으로 닫혀 있다. 문에는 알 수 없는 상형문자 비슷한 것들이 아로새겨져 있고, 억지로 열려고 하면 독침이 날아오거나, 독가스가 뿜어져 나올 것 같기도 하다. 혹은 프라이팬이나 가재도구가 날아올지도 모른다.

아내만이 열쇠를 가지고 있어서 나는 들어갈 수도, 건물의 용도를 알 수도 없다. 그 건물에 나는 '내 마음속, 아내의 마음'이라는 임시 간판을 달아두었다. 물론 아내는 그 간판의 존재를 알지 못한다. 건물은 늘 아내의 그림자처럼 서 있다. 그림자는 밝은 날 사라졌다가 흐린 날은 두께를 알 수 없을 정도로 진득하게 덮인다. 그림자는 아내에게서 잠이나 꿈을 앗아가기도 한다. 그런 날이면 아내는 그림자란 그림자는 모두 걷어 세탁기에 넣고 오래오래 돌린다. 티끌 하

아내의 그림자는 밝은 날 사라졌다가
흐린 날 그 두께를 알 수 없을 정도로
농밀하게 드리워졌다

나 묻지 않도록 탈탈 털어서 햇빛 가득한 마당에 널어 말린다. 건물의 그림자가 뽀송뽀송하게 마른 날은 아내의 잠이 깊어진다.

나는 아내의 건물 맞은편에서 시간 날 때마다 우두커니 앉아 건물의 창문을 하나하나 세어본다. 하나같이 속을 알 수 없는 검은 창은 소리 하나 새어나가지 않도록 입을 꾸욱 다물고 있다. 건물 맞은편에서 나는 '내 마음속, 아내 마음'을 알 길이 없어 손톱을 물어뜯듯하나, 둘, 셋 시간을 뜯어내며 속내가 드러나기를 기다린다.

그러고 나는 그 건물 앞을 지날 때마다 '아내가 웃는다'라고 주문처럼 읊조린다. 나는 '아내'와 '웃는다' 사이에 '활짝'이란 말을 꽃을 꽂듯 꽂아본다. 나의 마음속에 있는 아내의 마음에 활짝 꽃이 핀다. 사시사철 피었으면 좋겠다.

그렇게 아내는 두 집 살림을 한다. 천신만고 끝에 완성한 화개의 집과 그 집에서 서식하듯이 살아가는 나의 마음속에 또 다른 집을 건설하고 이 집과 저 집을 왔다 갔다 한다. 오가는 발걸음이 보이지 않도록, 티 나지 않도록 능숙하게 옮겨 다닌다.

이 집에서는 바깥양반으로서 집 안팎의 모든 대소사를 챙기고 서식하듯 집 안에만 틀어박혀 있는 서방을 챙긴다. 말라죽지 않도록 물을 주고 사랑을 주면서 성질머리 나쁜 화초를 키우듯 서방을 건사한다. 저 집에서는 지리산 프로젝트 총괄센터장으로서의 직책을 수행하며 가끔 자신의 마음을 어쩌지 못하고 갈팡질팡하는 모습도 보이면서 그러나 의연하게 '내 마음속, 아내 마음'이라는 건물주로서의 위세를 부리기도 한다. 가끔은 나의 주문이 효험이 있는 듯 활짝 웃기도 하면서…….

초호화 유람기

2월 7일이다. 우리는 지금 울산바위가 병풍처럼 둘러쳐진 설악산 기슭 어디 즈음에 있다. 아직도 기세가 꺾일 기미가 보이지 않는 코로나19 상황 속에서 결혼기념일을 핑계로 2박 3일간의 연례행사를 보내는 중이다. 발아래 속초시의 야경이 조금씩 사그라들고 빛이 들 무렵 아내는 여전히 꿈속에서 어느 여행지를 걷고 있을지도 모르겠다. 그렇게 십수 년이 넘도록 결혼기념일마다 이국의 낯선 골목을 부단히도 돌아다녔다.

우리는 스페인에서 처음 싸웠다. 신혼여행이었고, 결혼한 지 나흘째 되던 날의 일이었다. 아내는 내가 그런 사람(나를 어떤 사람으로 생각했는지 아직도 잘 모르겠다)인지 몰랐다고, 어떻게 말을 그렇게 할 수 있냐고, 이역만리 타국 땅에서 목을 놓고 울었다. 울음은 길고 높다란 산맥 같았다. 유럽 본토와 이베리아반도를 갈라놓은 피레네산맥의 모습을 잠깐 상상해보았다.

그렇게 갈라서는 줄 알았다. 무슨 일로 싸웠는지 내가 무슨 말을 했는지 나는 기억에 없다. 아내는 밤을 새워 꺼억거렸고 나는 타구스 강줄기에 휘감겨 있는 톨레도의 야경을 바라보다가 이내 잠들었다.

여행지의 잠은 달지 않았으나 깊었다. 꿈 바깥쪽에서 밤새 원망의 소리가 들리는 듯도 했다. 내 인생 최고의 숙소(톨레도 파라도르 호텔)에서 최악의 잠을 자고 일어났다. 내려다보이는 톨레도의 구시

가는 정확히 스페인의 한복판에서 유네스코의 보호 아래서 안녕했다. 아내는 밤새 안녕하지 못한 듯 눈 주위가 벌겋게 달아올라 있었다.

"여보, 이쪽 창가에 한 번 서볼래?"

결혼 일주일이 채 되지 않아 나는 '여보'라는 호칭을 별스럽지 않게 입에 붙었다. 짐을 주섬주섬 챙기는 아내에게 나는 강과 시가지가 한눈에 내려다보이는 창가를 가리키며 말했다. 아내는 흘러내린 머리를 쓸어 올리고 부어오른 눈두덩을 몇 번 꾸욱꾹 누르더니 내가 가리킨 창가 앞에 짝다리를 하고 섰다.

배경은 환했고 아내는 어두웠다. 아내를 밝게 하면 배경은 다시 빛 속에서 휘발했다. 그쪽이 나았다. 지금, 아내는 사진 속에서 환하게 웃고 있다. 배경은 날아갔고 눈은 퉁퉁 부어올라 있으며 다행히 갈라서지 않은 상태로 말이다. 사진을 찍고 있던 내가 내심 가슴을 쓸어내리던 장면이 눈에 선하다. 그것이 마지막이었다. 여행지에서 아내와 싸운 것이.

우리의 여행은 주로 걷기의 연속이었다. 손쉬운 대중교통이 있는데도 불구하고 우리는 낯선 이국땅에서 꾸역꾸역 걸어 다녔다. 출발지와 목적지 사이를 관통하지 않고 부러 에둘러 걸었다. 그렇게 걷던 골목마다, 거리마다 마주치게 되는 '우연'이 반가웠다. 그 '우연'은 때로는 즐거웠고 때로는 당황스러웠다. 그라나다의 알바이신 언덕(집시들과 물리적 다툼이 벌어질 뻔했다)에서처럼 약간의 공포를 가져오기도 했다.

그러나 결과적으로 우리는 늘 안전했다. 여행에 있어서만큼은 우리는 "늘 낙관주의자였다. 그렇지 않다면 아무 데도 가지 않고 집

안의 안락의자에 앉아 있을 테니까."(《여행자의 책》, 폴 서루)

어느 여행지를 가든 나는 지도와 나침반을 가지고 다녔다. 두 가지 필수품만 있으면 찾지 못할 목적지가 없었다. 길거리에서 지도를 펴 그 위에 나침반을 올려놓고 길을 찾는 나를 아내는 신기하게, 때로는 존경스럽게 바라보았다. 구글맵이 일상화된 이후(나는 한참 후에야 구글맵의 전지전능을 알게 되었다) 자연스럽게 나침반과 지도는 여행 필수품 목록에서 빠졌다. 그러다 타이베이에서 일이 벌어졌다. 그날의 여정을 마치고 숙소로 돌아가는 길, 역시 우리는 걸었다. 타이베이의 야시장도 둘러보고 소소한 상점들을 들락거리며 어두워진 귀갓길을 맘껏 즐기는 가운데 문제가 발생했다.

스마트폰의 배터리가 바닥난 것이다. 구글맵을 볼 방법이 없어졌다는 이야기다. 고로 우리는 길을 잃었다. 이 어두운 골목길이 타이베이 어느 귀퉁이에 붙어 있는지 알 수가 없었다. 여행 책자의 간략 지도를 참고해도, 주변의 높은 건물을 기준으로 삼아도 도대체 감을 잡을 수가 없었다. 구글맵의 전지전능함에 기대고 있던 나는 완전한 길치가 된 것이다.

"그쪽이 아닌 것 같아. 아까 왔던 길이야. 반대쪽으로 가보자."

아내가 조심스럽게 의견을 내놓았지만 나는 듣지 않았다. 길을 헤매면 헤맬수록 아집은 더욱 강해졌고 아내의 말은 들으려 하지 않았다. 나는 여태 길을 누구보다도 잘 찾아왔으니까.

결국 두어 시간을 그렇게 길에서 헤매다가 숙소로 돌아왔다. 이미 기진맥진해진 상태에서 아내는 '길 찾느라 고생했어요. 우쭈쭈쭈' 하며 자신의 피곤을 잠시 접어두고 생떼같은 나의 노고를 치히

했다. 그 외에 덧붙이는 말은 없었다.

오스트리아에서도 우리는 걸었다. 이번에는 도시와 도시 사이를 걸었다. 그 사이는 꿈속에서나 나올 법한 시골 들판이었다. 시선이 닿는 곳까지 포도밭이 펼쳐져 있었고 그 끝에 파수대처럼 성이 우뚝 솟아 있었다. 포도밭에 쏟아지는 5월의 햇살은 여행자의 몸과 마음을 녹아내리게 하기에 충분했다.

우리는 그곳 무인 대여소에서 빌린 자전거로 걷는 것보다 조금 더 빨리 달렸다. 며칠 뒤 자전거 대여 요금 폭탄 메시지를 헝가리에서 받고 포도밭의 거름이 되는 줄 알았다(나의 어학적 무능이 불러온 참사였다). 아내는 아무런 말을 하지 않았다. 그 속이 뻔히 들여다보이는데도.

우리는 인도에서도 걸었고, 헝가리와 체코에서도 걸었다. 포르투갈 몬산투의 길 위에서 오도 가도 못 하고 먼지만 뒤집어쓴 올리브나무 같은 처지가 되기도 했다. 피렌체에서는 그 도시의 관광 안내 지도를 그릴 수 있을 만큼 걸었다. 미켈란젤로 언덕에 올라 수탉이 그려진 와인을 병째 마시며 우리가 지나온 골목들을 벌거벗은 다비드와 함께 조망했다. 다리가 뻐근해지도록 걸어온 길들이 그물망처럼 연결돼 있었고 그것들이 또 하나의 풍경으로 다가오는 경험을 했다. 아름다웠다. 붉게 해가 지고 있었고 멀리서 산타 마리아 델 피오레 대성당의 둥근 지붕이 역시 붉게 떠오르고 있었다. 발그레한 아내가 곁에 있었다.

우리의 여행이 잠시 멈춘 건 2018년 집을 짓기 시작하면서부터였다. 나는 집을 직접 디자인했다. 우리가 살 집이었으므로. 건축 시

공 관리도 내가 직접 했다. 우리가 살 집을 나만큼 꼼꼼하게 살필 관리자가 없을 거라 생각했으므로. 결과적으로 완공까지의 시간은 더 들었으며 들어가는 힘은 두 배, 세 배가 되었고 비용은 한정돼 있었다. 건축은 내가 한 번도 가보지 못한 길이었다. 너무 지치고 힘든 나머지 중도에 그 길 위에서 차를 잡아탈 뻔했다. 그렇게 꾸역꾸역 집짓기의 모든 것을 다 더듬거리며 해결했다. 아내는 그 답답한 더듬이질을 옆에서 말없이 지켜봤다. 단 한 번도 나를 독촉하지 않았다.

코로나19로 인해 발이 묶이기 전, 우리가 마지막으로 떠난 해외여행은 일본이었다. 근 일 년간의 집짓기로 우리는 녹초가 된 상태였다. 눈앞에 보이는 물컵 하나 들 힘이 없었다. 집 짓고 나면 10년 늙는다는 말은 육체적인 것이 아니라 정신적인 것이었다.

그렇게 피폐해진 정신을 널어 말리기 위해 시코쿠를 여행지로 택했다. 나쓰야마의 온천에서 몸과 마음을 말끔하게 세척하고 올 작정이었다.

여행 중간에 우리는 카톡으로 완공 승인이 떨어진 것을 알게 되었다. 드디어 합법적으로 우리의 집이 생긴 것이었다. 화개로 귀촌 후 만 5년 만의 일이었다. 표현하지 않는 아내의 속마음이 훤히 들여다보였다. 나는 아내에게 '고생했어'라는 말을 입 밖으로 내지 않았다. 속에서 조금 더 묵힐 생각이었다.

여행지의 밤, 쉬이 잠이 오질 않았다. 잠든 아내를 남겨놓고 나는 캡슐 호텔(우리의 여행은 늘 최저의 숙소를 고른다)을 빠져나와 편의점 앞에서 맥주를 마셨다. 다카마쓰는 한밤중에도 사람들로 일렁거렸다. 길은 좀처럼 진정되지 않았다. 만감이 교차했다.

결혼 후 둘이서 여러 여행지를 돌아다녔고 많은 일을 겪으면서 이곳까지 왔다. 매번 더듬거렸다. 하는 일마다 미숙했다. 지금까지는, 무엇을 해도 처음 하는(아내와 함께) 일이었으므로 늘 시행착오를 겪었다. 그렇게 우리는 '저기'서부터 '여기'까지 관통하지 않고 때로는 일부러, 때로는 어쩔 수 없이 에둘러서 꾸역꾸역 걸어왔다. 이제는 지나온 모든 길이 나름의 의미를 품은 풍경이 될 거라는 것을 알기에.

"나에게 여행은 질러가는 길이 아니라 둘러가는 길"이라는 세스 노터봄의 말을 더듬거리면서.

춤추는 산책, 스미는 걷기

"누구든 걸음걸이를 보면 그가 자기 길을 찾았는지 알 수 있
다. 목표에 가까이 다다른 사람은 더 이상 걷는 게 아니라 춤
을 춘다."

책을 펼치다가 니체의 문장이 툭 떨어진다. 나는 다시 곱씹어 그
의 말을 따라 읊어본다. "…… 걷는 게 아니라 춤을 춘다"는 구절이
내 입안에서 착착 감기며 춤을 춘다.

"그는 걷기를 정확히 삶의 동의어로 여긴다…… 그는 적어도
하루에 네 시간 이상 걷고, 간혹 그 이상을 걷는다. 종종 온종
일 다른 방향으로 걷기도 한다."

같은 책 속을 걷다가 만난 헨리 데이비드 소로의 생활의 한 단면
이다. 책을 덮고 나는 잠깐 걷기에 대해 생각해보기로 한다. 그리고
걸음만 앞섰던 내 일상에서 흩어져 있던 생각들을 뒤돌아 잠시 기다
려보기로 한다.
　그런 일상 속에서 화개로路는 벌써 사람들로 출렁거린다. 예년
보다 한 일주일 정도 일찍 핀 벚꽃은 감염병의 위협 따위는 아랑곳
하지 않고, 피던 대로 피어서는 온천지가 꽃사태다.

섬진강과 맞닿는 원탑 마을에서 벚꽃은 달리기 시작한다. 아니 그 이전부터, 강을 옆구리에 끼고 하동과 구례 양방향에서 몰려와 화개장터에서 합쳐진다. 세력을 합한 벚꽃은 화개천을 수관 삼아 범왕과 의신 마을 두 갈래로 뻗어 산 쪽으로 올라간다. 물의 길을 따라 꽃의 길이 열리는 것이다. 이 계절, 물은 흐르고 꽃은 피어서 수류화개水流花開의 이름을 온몸으로 증명한다.

그 물의 길과 꽃의 길을 따라 사람들이 몰려든다. 하얀 마스크를 면갑(투구의 얼굴 가리개)처럼 착용하고, 마치 원정 나온 십자군처럼 셀카봉을 분연히 솟구쳐 들고 이 봄의 명징한 증거들을 수집하고 있다.

연인 사이거나, 가족 단위거나, 안 물어도 뻔한 불륜 사이거나, 혹은 극악무도한 단체 꽃놀이패거나, 그들은 그들 나름의 방식으로 화개의 꽃사태를 진압하고 이 봄을 걷는다. 기존의 문명 위에 점령군의 문명을 덧칠하듯 수류화개의 온몸을 자분자분 밟아가며, 획득한 전리품을 넘겨보며 '호호 하하' 한다.

"자기야, 손가락 하트!"

"어머, 어쩜 이렇게 예쁘게 나왔니!"

"여보, 나무 위에 올라가 볼래?"

걸어야 할 길이 느낌표와 물음표로 만발한 관광의 아수라장이 된다. 이맘때의 화개는 소로의 월든 숲 딱 반대편에서 휘황하다. 걷기에는 애저녁에 그른 것이다.

상춘객이 휩쓸고 간 화개로를 차를 몰고 달리다 보면, 교복을 입은 학생들이 벚꽃 아래를 삼삼오오 짝을 지어 걸어가는 모습을 가끔씩 볼 수 있다.

"화개중학교 학생들이 하교하는구나."

나는 짐시 차를 한쪽으로 세우고 아무런 이유도 목적도 없이 그 모습을 지켜보곤 한다. 햇살만 닿아도 살랑거리는, 만개한 벚꽃 밑을 벚꽃을 닮은 아이들이 재잘거리며 걸어간다. 이미 떨어진 벚꽃이 아이들 뒤를 따라 술렁 일어나기도 한다.

냄새가 피어날 것 같은 풍경이다. 연한 초록의 냄새. 그 지루한 겨울을 뚫고 이제 막 솟은 새싹의 살 냄새일 것도 같다. 학생들은 그렇게 벚꽃 사이로 든 햇살을 튕기며 찰랑찰랑 걸어간다.

도시처럼 수시로 대중교통 편이 있는 것도 아니고 더군다나 농사일이며 생업에 바쁜 부모가 아이를 데리러 오는 것도 아니다. 스쿨버스가 닿지 않는 곳에 사는 학생들은 학교가 끝나면 그저 당연하다는 듯이 걸어서 집으로 간다. 아이들은 걷는다는 느낌도 없이 친구들과의 이야기에 빠져 이 아련한 봄의 정중앙을 뚫고 걸어간다.

저 학생들이 앞으로 어떤 인생을 걸어가게 될지 모르지만, 먼 후일 이 하굣길의 찬란함은 그들에게서 절대로 잊히지 않을 것이다. 걷는다는 느낌도 없이, 화개의 학생들은 학창 시절부터 춤을 추듯 그렇게 걷기를 시작하는 것이다. 연분홍 벚꽃의 터널 속에서.

그 터널 속으로 아내와 나도 함께 걷기를 즐겼다. 우리는 이른 저녁을 먹고 산책을 나서곤 했다. 꽃이 피기 시작하는 이맘때쯤은 산책하기에 더할 나위 없이 좋은 계절이다. 가벼운 옷차림으로 아내와 손을 잡고 걷다 보면 화개의 자연이 온전히 다가온다.

'꽃이 피기 시작했구나. 언제부터 이 새소리가 들렸지? 바람의 날

이 무뎌졌네. 화개천 물소리가 조금 더 가벼워졌어.'

봄의 징후들을 하나하나 확인한다. 그러면서 나는 아내의 속마음을 속으로만 묻는다. 부부라도 서로 이야기하지 않고, 혹은 알아차리지 못하는 사정들이 있기 마련. 봄날의 저녁 산책은 봄의 근황은 물론 아내의 속을 눈치채기에도 아주 그만이다.

화개로 귀촌하면서 말없이 견뎌야 했던 것들, 새로 얻은 직장에서 일어난 일들과 마음 쓸림들, 나에게 야속했던 부분들이 대개는 비유로 저만치 돌아서 내게 다가온다. 당장에 해결할 수 있는 문제가 아니지만 겨울은 가고 봄은 오는 것이다. 대부분의 문제는 시간 앞에서 용해되고 풀어져서는 애초에 문제가 아닌 문제가 되기도 한다.

그러나 나는 한 발짝 한 발짝 내디딜 때마다 아내의 속내에 밑줄을 쳐놓고 일상의 한쪽으로 접어 표시해 둔다. 잊어버려서는 안 된다. 아내에 대한, 봄에 대한 최소한의 예의다. 아내와의 저녁 산책은 그렇게 서로에게 접속해 온도를 맞추거나 서로를 독해하는 걸음걸이다.

공부방을 시작하면서부터 저녁 산책 시간이 없어졌다. 대신 우리 집 강아지 보리(웰시코기와 시바 믹스견)와 함께 아침에 산책을 나선다. 출근하는 아내는 동참하지 못하는 나와 보리만의 산책이다. 산책 코스는 매일 달라진다. 화개중학교를 중심으로 한 바퀴 돌 때도 있고, 녹차 박물관의 너른 광장에서 보리를 풀어줄 때도 있다. 봄철에는 화개천 옆구리에서 이제 막 푸르게 돋는 보리밭에 보리를 풀어주면 보리 천지가 된다. 어디서 저런 힘이 솟는지 보리의 걸음은, 아니 달리기는 보리 싹 위를 살짝 떠서 날아가는 느낌이다.

봄을 나는 개, 보리.

나는 보리의 활개를 나의 자유로 대리만족한다. '좋겠다.'

보리를 풀어놓고 나는 내 생각을 풀어놓는다. 이른 새벽부터 풀리지 않는 생각들을 이리저리 굴려본다. 쉽게 실마리가 보이지 않는 생각들은 반드시 고쳐야 할 비문처럼 껄끄럽다. 그렇게 생각을 굴리고 있는 사이에도 물은 흐르고 꽃은 피고 보리는 보리밭을 날아다닌다.

달리기를 멈춘 보리가 땅에 코를 박고 킁킁거린다. 주변의 모든 냄새를 다 빨아들일 듯 코를 벌름거리면서 화개를, 이 봄을 탐지한다. 보리가 코로 느끼는 것들을 나는 눈으로 본다. 모든 감각은 결국엔 '보다'에 귀속되는 것이므로 나는 펼쳐진 화개의 풍경을 눈으로 담아 이 시절을 탐지한다. 그리고 다시 걷는다. 걷다가 멈춰서 보고, 보다가 다시 걷기를 반복한다.

전방에 무언가를 발견한 보리가 목줄을 치고 나가는 순간, 엉킨 생각의 타래가 스르륵 풀린다. 아, 봄이구나.

《걷기, 철학자의 생각법》이라는 책에서는 동서고금의 걷기 대표 선수들을 소개한다. 붓다의 걷기는 동서남북의 성문 밖에서 목격한 인간의 생로병사에서 시작한다. 숱한 고행을 통과해서 자신 속으로 걸어 들어간 붓다는 해탈의 문을 열고 걸어 나온다.

비트겐슈타인은 이 세계를 탈출하기 위해 걸었다고 한다. 물려받은 막대한 재산도 형제들에게 다 나눠 주고, 온갖 직업을 전전하며 이 세계의 쓸모를 탐지하던 그는 결국 이 세계를 벗어나려고 걸었던 것이다. 그는 말과 말 사이를 걸어서 철학을 해체하고 말과 말로 이루어진 이 헛것의 세계를 벗어나려고 했는지도 모른다(그의 책

한 장 넘겨보지 않은 나 따위가 주워들은 몇 가지로 그의 걷기를 감히 가늠해본다).

칸트의 병적인 걷기는 이미 유명하다. 코로만 숨 쉬는 것과 제철 음식을 섭취하는 것과 질 좋은 담배 두 모금과 절대 맥주를 마시지 않는 철저한 생활 규칙 속에서 칸트는 자신이 속한 사회 모든 영역을 관통해 걸었다.

니체는 생각하기 위해 걷는다고 했다. 그는 "발로 생각하는 사람"이었다. 끊임없이 두 발을 움직여 생각을 발전發電시키며 그의 철학을 완성해 나갔다.

생각하기 위해 길을 나서는 것은 공자도 마찬가지였다. 그는 천하를 주유하며 기워온 자신의 생각을, 사상을 흥정했다.

노자는 "부동不動은 모든 움직임의 근원이다"라 말하고 곡신谷神의 세계 속에서 노닐며 걷기의 끝판을 보여줬다. 말하자면 유유자적의 오체투지인 셈이다.

역사가 기술된 이래로 인류의 정신적 맥박을 뛰게 했던 위대한 철학자들의 걷기를 나는 힐.끗.거.린.다. 걷기의 깊은 깨달음은 언감생심. 나는 다만 수박 겉핥는 구경꾼에 지나지 않을지도 모른다. 일상의 지극히 가벼운 깨달음에도 스스로 도취해 셀카봉을 휘젓는 나의 걷기는 벚꽃 밑에서 손가락 하트를 날리는 상춘객의 걷기와 별반 다르지 않다.

그러나 그 속에서도 나는 꿈을 꿔본다. 춤추듯 걸어가는 화개의 학생들처럼 찰랑거려보고 싶고, 푸른 보리밭 위를 살짝 떠서 날아도 보고 싶다. 자잘한 혹은 이 지리멸렬한 일상 속의 산책을 통해서 변함없이 화개의 봄과 아내의 속내를 눈치채며 살아보고도 싶다. 그리고 이 화개에서 조금씩 나의 걸음이 춤에 가까워졌으면 좋겠다. 매년 무한 리필되는 지리산의 봄 앞에서 이제 나는 '브이'해본다.

* 모든 인용은 《걷기, 철학자의 생각법》(책세상)의 것임.

4

무
늬

———

혹은   옹
            이

벚꽃 지고 명자꽃 필 무렵

이마가 따뜻해지기 시작한다. 동산東山을 마주 보고 뚫린 창으로 햇발이 설핏하다. 점점 해의 발은 뚜렷하고 치밀해진다. 그 자명한 발자국들이 내 이마를, 책상을, 책상 위의 책들을, 기억나지 않는 간밤의 꿈들을 자분자분 밟아온다. 저 멀리서부터 순서대로 차례차례 밟아오다가 동산 머리가 희끗해지면서 일순 쨍하고 들이닥친다.

발자국들이 집 안 곳곳에 찍힌다. 저항할 수 없는 검문에 모든 것이 드러난다. 어제와 변함없이 일상의 물건들 위에 수북히 쌓여 있던 먼지가 미세하게 일렁거리며 피어오른다. 간밤의 불온한 어둠들은 순식간에 검거된다.

블라인드를 내릴까 잠깐 고민한다. 얼마 전까지만 해도 창으로 들이치는 아침 햇살이 따뜻하니 좋았다. 덜떨어진 잠 부스러기며, 뒤끝이 찜찜한 꿈자리, 한밤 내 묵은 공기들이 그 햇살에 고슬고슬 말라가는 것 같았다.

읽으려고 주문했으나 읽지 않고 쌓아둔 책의 표지에 형광색 밑줄을 긋기도, 떠오른 단상들이 적힌 메모지에 별표를 달기도, 실행에 옮기지 못한 계획들을 압정처럼 꽂아두기도 하던 해의 살들이 6월을 목전에 둔 아침에 화살처럼 날아와 박힌다. 나는 기꺼이 표적이 되려다가 너무 따갑다.

블라인드를 내릴까?

그러나 아직까지는 견딜 만하지 않은가. 아침, 앞집 지붕 위에 조각보처럼 널려 있는 햇빛과 먼저 가 닿아 나뭇잎에서 반짝거리는 햇빛. 순한 바람에 살랑거리는 고욤나무 이파리에서 수천, 수만 장씩 복사되어 흩뿌려지는 햇빛. 곡우, 입하가 지나고 곧 망종의 소식을 전하는 햇빛. 아직은 봄의 뒤끝이어서, 풀린 땅에 싹을 올렸던 햇빛의 곡진함이 여전히 느껴지지 않는가.

잇댄 자리 없이, 불거진 마디 없이 봄과 여름의 햇볕이 서로 교대한다. 햇볕은 햇발처럼 자분거리지 않고, 햇살처럼 좁고 날래지 않고, 햇빛처럼 전방위적이지 않고 다만, 기운으로 두두頭頭와 물물物物에 고루 스민다. 볕은 존재 하나하나에 기운을 뻗쳐서 길道을 내고, 이 시골 동네의 후미마다 비추어서 곪거나 썩는 것이 없게 한다.

여름을 목전에 둔 햇볕은 조금씩 이 골짜기를, 이 동네를 예열시킨다. 곧 여름 뙤약볕 속에서 쟁쟁거릴 매미가 어느 고목의 겨드랑이 밑에서 허물 벗듯 이 봄을 벗고 있을지도 모른다.

햇살은, 햇빛은, 햇볕은 바람에 흔들리지 않는다. 흔들리지 않는 해의 살과 빛과 볕을 입은 마을의 길도 바람에 흔들리지 않는다. 마을의 길은 여러 방향으로 뻗어 다른 마을의 안부와 맞닿아 있고, 사람과 계절의 통로로 조용조용하다. 간혹 두부와 고등어를 파는 식료품 트럭이 지나가고, 학교 파한 동네 아이들이 우우우 몰려다니고, 허리 굽은 세월이 곡괭이마냥 지나가지만 바람과는 무관한 일이다. 높은 지대 창에서 내려다보는 해의 것들과 마을의 길은 여름의 목전에서 바람을 타지 않는다.

늦봄, 얼마나 철저하게 비워야 허虛와 공空을 겹쳐 쓸 수 있을까.

그 허공중에 떼로 핀 찔레꽃들이 흔들린다. 살랑살랑 바람을 타면서 허와 공에 연분홍으로 환칠을 해댄다. 환칠 속으로 노란 나비 한 마리 날아간다. 찔레향보다 얇은 날개가 바람에 쓸리다가 다시 제 갈 길로 방향을 잡는다. 찔레향 속으로 사라진다.

이내 바람은 굵어져서 감나무 이파리에서 차르락차르락 소리로 일어난다. 오디가 익어가기 시작하는 뽕나무 이파리들이 박수를 친다. 허공의 한 어깨가 들썩인다. 어깨를 타고 올라온 바람이 풍경의 머리채를 쥐고 흔든다. 쏴아아 쏴아, 흩날린다.

5월은 사방에서 바람이 인다. 출생지가 서로 다른 바람이 이 골짜기에 와서 몸을 섞는다. 섞여서 더 커지거나 잔바람으로 새끼를 친다. 커진 바람은 나무들의 멱을 잡고 떠도는 계절의 풍문을 탐문한다. 키 높은 미루나무의 허리가 바람에 허청거린다. 몸서리치는 이파리에서 바람의 몸을 짐작한다. 대숲이 술렁거리며 바람의 눈치를 본다. 초봄에 꽃을 잃은 매화나무는 수액을 길어 올려 가지가 벌어지도록 매실을 달아 초록을 더한다. 산초나무가 가는 이파리를 비비며 숨을 죽인다. 흔드는 대로 하릴없이 흔들리는 나무들은 순순히 초록을 실토한다. 풍문의 실체는 바람인데도 바람은 제 소리를 듣지 못한다. 애꿎은 나무들만 바람의 아귀에서 여름이 들 자리를 제 그림자로 쓸고 있다.

오전이 다 가기 전, 우편배달부는 오토바이를 타고 바람을 가르며 내 집에 찾아온다. 요금고지서와 건강검진 안내문과 교통위반 딱지를 내게 전한다. 지난달 전기 사용량과 통신 사용량이 통보되고, 세상의 질서를 위반한 대가를 이 봄이 가기 전에 납부해야 한다.

216

햇빛은 매화, 벚꽃, 개복숭아꽃에 앉아 있다가,
물앵두 짙푸른 이파리 사이에서 붉게 주렁주렁 매달려 있다가,
산딸기 옆, 찔레꽃에서 연분홍으로 여름을 대기하고 있다

어제 마시고 그대로 둔 찻잔에 햇빛이 잠깐 고였다 간 사이, 열어 둔 창문으로 지나가던 바람이 고개만 들이밀고 빠져나간 사이, 알 수 없는 새소리가 초침처럼 재재거리는 사이, 여름 들머리의 앞산이 팔짱을 끼고 이 모든 광경을 지켜보고 있다. 위반할 수 없는 자연이 예정대로 정연하게 흘러간다. 어느새 앞산의 어깨며 팔뚝이며 마디 마디가 초록초록 굵어졌다.

깨금발로 옹기종기 돋던 잡초가 이제 무릎을 넘겨 자랐다. 허리 참에서 잡히는 쑥대가 잔바람을 데리고 논다. 제 머리의 무게를 이 기지 못하는 작약이 그 잔바람에도 어쩌지를 못하고 안절부절못한 다. 물까치 두어 마리가 잡초 속에서 쑥대밭으로, 쑥대밭에서 작약 꽃 그늘 밑으로, 다시 때죽나무 가는 가지 끝으로 옮겨 다니며 쉴 새 없이 초록을 쪼아대고 있다. 집 앞뜰에서 흔전만전 초록이 넘치는 사이, 앞산과 더 먼 산에서도 푸른 피가 돌아 산 어깨의 근육이 한껏 부풀어 있다. 산그늘 밑에 자리한 마을에 해는 발을 담그지 못하고 산머리 위에서만 질펀하다. 이미 신록이 번지르르하다.

사방이 삥 둘러 산이고 산 너머에 산이라서 산에 기대지 않고는 살아갈 수 없는 이곳에서 사람이나 나무나 새들은 모두 초록이 본적 이다. 사람들은 초록 피를 우려 마시는 차 나무를 키우고 초록의 즙 액을 받아 마시는 매실을 따고, 초록의 영토에서 산을 이고 지고 계 절의 푸른 피를 빨아 마시며 살아간다. 봄의 끝자리에서 그 피는 좀 더 짙어져 이 본적지에서 지천으로 꿀럭거린다. 사람이나 나무나 새 들은 하나같이 이곳에 핏줄에 대고 살아가는 것이다.

그 피를 돌려서 사람은 명줄을 잇고, 나무는 열매를 매달고, 새들은 열매를 쪼아 먹고 나무를 옮겨 심어 초록을 퍼뜨린다.

산으로 둘러싸인 화개는 해의 꼬리가 짧다. 오후 서너 시만 돼도 그림자가 길어지고, 골짜기마다 옹이 지은 마을들은 산그늘을 덮고 하루를 툴툴 털어내기 시작한다. 스미듯이 사위가 고요해지고 초록 위에 누런 저녁 빛이 엎질러진다. 계절과 계절이 맞닿은 자리에서 하루 종일 목을 놓던 새들이 조용해진다. 마을마다, 나무마다 새의 울음소리가 빠져나간다. 부풀었던 풍경이 납작해진다. 새들은 낮에 울던 제 이름을 물고 해가 넘어간 쪽으로 서둘러 돌아간다.

언제 떴는지 하늘 한편에 조반월 같은 저녁달이 그려지면, 손톱 밑에 가시 박히듯 길고 가는 한 새소리 들려온다. 새소리는 이쪽 하늘에서 저쪽 하늘 끝까지 자로 잰 듯 반듯하게 선을 그으며 날아갔다가 허공중에서 사라진다. 덜 여문 여름 하늘 한쪽이 예리하게 저며진다. 저 먼 쪽에서 들려오는 소리. 벚꽃 지고 명자꽃 필 무렵, 밤새 저승새가 운다. 이승에서의 제 이름도 잊어버리고 초저녁부터 새벽녘까지 신록이 깃든 어둠을 주욱죽 찢어내며 운다.

아무리 목을 빼고 울어도 제 이름을 대지 못하는 저승새의 이승 이름은 호랑지빠귀다. 뻐꾸기는 뻐꾹거려서 뻐꾸기고 방울새는 방울 소리로 울어서 방울새인데 호랑지빠귀는 닮지도 않은 호피를 입었다고 이름이 그 모양이다. 저승새든 귀신새든, 저승으로 가지 못한 원혼이든 호랑지빠귀는 늦봄부터 여름이 다 가도록 목을 놓을 것이다. 오늘 밤을 넘기고 내일 새벽이 밝도록 매일 날밤을 건너다닐 것이다. 그러다 지치면 소쩍새에게 자리를 내어주고 긴 부리를 둥지에 걸어두고 쉴지도 모른다. 그러면 소쩍새가 어둠을 깔고 서쪽 동쪽 갈피를 못 잡고 또 한밤을 뒤채면서 밤을 날 것이다.

아우래비 접동새 울다 지쳐 날아간 자리에 소쩍새 날아와 소리로 앉는다. 모습은 전생 어디에 묻어 두었는지 보이지 않는다. 울음소리에 제 몸을 실어 흩뿌린다. 서산머리로 해가 넘어가고 멀리 사이를 둔 동네에서 불이 밝혀지면 소쩍새는 기나긴 장편의 사연을 읽기 시작했다. 한 자 한 자, 또박또박 짚어가며 봄도 아니고 여름도 아닌 이 한밤을 읽어나간다.

소쩍, 소쩍. 한을 품고 죽으면 새가 된다더라. 소쩍, 소쩍. 나를 죽인 계모는 까마귀가 되었다지. 소쩍, 소쩍. 저 아래 새로 지은 집에 아들딸 자식 없는 젊은 부부가 산다더라. 도시에서 쫓기듯 내려와 둥지 같은 집 짓고 잘 산다더라. 돌아가 봐야 별 소용없느니라. 소쩍, 소쩍. 이곳에서 한 백 년, 알콩달콩, 지지고 볶고, 소쩍, 소쩍. 不如歸. 내 이름 같으니라. 소쩍, 소쩍.

화개온천탕
청룡 조우기 遭遇記

그것은 용이었다. 푸른색 용 한 마리가 켜켜이 쌓인 구름 사이에서 끊어질 듯 이어져 있었다. 마치 한여름의 산맥처럼 울룩불룩 굽이쳤다. 굽이칠 때마다 주체할 수 없이 터져 나오는 힘이 그대로 느껴졌다. 보이지 않는 무언가를 겨누고 있는 것 같은 날카로운 발톱은 잘 다듬고 벼린 무기 그 자체였다. 온몸을 뒤덮은 철갑 같은 비늘, 빵빵하게 부풀어 오른 누런 가슴과 배, 그리고 물결치듯 흩날리는 등 갈기가 금방이라도 날아오를 듯했다.

총천연색의 꿈같은 용 문신이었다. 몸 전체에 빈틈없이 그려져 있었다. 어떤 일에 종사하면 저렇게 문신으로 온몸을 뒤덮을 수 있을까, 잠깐 생각해보았다. 단순한 개인적 취향만으로 거의 극사실주의에 가까운 그림을 자신의 몸에 빼곡히 그려 넣을 수 있을까. 아니면 어떤 조직 내에서 위엄과 권위를 나타내기 위해, 그러니까 '나는 이런 사람이야'라는 것을 보이기 위한 방법일까? 혹은 그냥 자신의 굳은 신념의 어떤 징표일까? 어쨌든 그렇게 잘 빠진 용 한 마리를 물 좋은 화개온천탕에서 만나게 된 것이다.

나는 자주 이곳 목욕탕을 찾는다. 화개온천탕은 화개에서 유일하게 영업하고 있는 대중목욕탕이다. "천연 게르마늄 성분의 유황 온천수를 사용하는 별천지 중의 또 다른 별천지로 건강과 수명 연장에 탁월한" 뭐 그런 어니에나 있을 법한 목욕탕이면서 숙박업소다.

나는 집을 짓고 난 후 따뜻하고 편안하게 목욕할 수 있는 욕조를 마련했음에도 일주일에 한 번은 이곳 목욕탕의 한증막에서 땀 흘리기를 즐긴다.

그날도 가벼운 샤워를 마치고 수건과 읽을거리를 들고 한증막으로 들어섰다. 한증막 안은 '네 맛도 내 맛도 아닌' 미적지근한 온도였다. 땀 흘리기는 다 틀렸군 하고, 가지고 들어온 책을 펼쳤을 때, 바로 그때, 푸른 용 한 마리가 미끄러지듯 '나라샤' 한증막 안으로 들어오는 것이었다.

용은 "이거 왜 이래, 온도가 이게 뭐야!" 하며 허공중에 손바닥을 펼쳐 보이며 어디랄 것도 없는 곳을 바라보고 말했다. 나는 찔끔, 내가 안 그랬는데요, 라고 말할 뻔했다. 그리고 청룡은, 아니 청룡의 사내는 바로 내 옆에 털썩 주저앉았다. 그는 긴 머리를 묶어 틀어 올리고 정수리 부분에서 상투를 지어 마무리한 헤어스타일을 하고 있었다. 오십을 넘겼을 것으로 짐작되는 나이에도 허리에는 군살 하나 없었다. 얼굴은 마치 정어리처럼 입부리가 툭 튀어나왔고 두 눈이 동그랗고 싱싱하게 뚫.려. 있었다. 몸을 움직일 때마다 청룡이 날아덤빌 듯 꿈틀거렸다. 용은 더욱 실물적 위협으로 다가왔다. 책이고 뭐고, 나는 사내의 시선이 가닿지 않는 허공을 반복해서 읽었다.

"무슨 책입니까?"

'앗 뜨거!' 그의 말에 데이기라도 한 것처럼 나는 흠칫 놀라 그의 눈이 아니라 정확히 정어리 같은 입을 쳐다보았다. 눈을 마주치면 무슨 일이 벌어질지 모를 거라고 생각했다.

"아, 아무것도 아닙니다."

책의 제목을 물어본 듯한데 아무것도 아니라니. 잘못된 행동을 하다 들켰는데 별거 아니니 신경 쓰지 말라는 투의 답을 했으니 퍽 난감하지 않을 수 없었다.

"화개에서 오다가다 몇 번 스쳐 봤습니다. 연배도 비슷한 거 같고."

나를 몇 번 스치듯이 봤다고? 나는 전혀 기억에 없는데. 그는 틀어 올린 머리를 위로 다시 한 번 쓸어 올리면서 만면에 웃음을 지었다. 떡 벌어진 어깨를 들썩거리자 청룡도 따라 출렁거렸다. 정말이지, 극사실의 또 다른 현현이었다.

갑자기 그는 '나는 자는 뭐뭐고, 호는 뭐시기고, 이름은 무엇무엇입니다'라며 벌거벗은 손을 쑥 내미는 것이었다. 21세기 대명천지에 온몸에 문신을 한 사내가 자와 호까지 들먹이면서 알몸으로 인사를 건네 온 것이다. 그것도 '차카게 살자'와는 비교도 안 되는 화려한 청룡의 맨몸뚱이로 말이다.

내 의지와 무관하게 거의 반사적으로 나도 손을 내밀었다(허리도 약간 숙인 것 같다). 생각할 겨를이 없었다. 이 상황을 모면하지 못하고 봉변을 당하더라도 옷은 입고 당하고 싶었다.

"아, 예예. 그러시군요. 저는 자는 월화고 호는 수목이고 이름은 김토일입니다."

나는 두 번 생각도 없이 툭 하고 대답을 던지듯 뱉었다. 꼭 전부터 그렇게 자와 호를 써왔던 것처럼 아주 능숙하게 한순간의 망설임도 없었다. 사실 자와 호의 뜻과 쓰임에 대해서는 일도 모르는데 말이다. 저 사내가 좀 더 자세히 물어보면 어떡하지 하는 생각이 들었다. 잘못하다가는 주먹 대신 장풍을 맞을 수도 있겠다. 어떻게 보면 무슨 도사처럼 보이기도 했다.

"특이하군요. 무슨 뜻입니까?"

사내가 장풍 대신 웃음을 날리자 용도 따라 웃는 듯했지만 앞가슴께까지 돌아서 뻗어 있는 발톱은 여전히 내 쪽을 향하고 있었다. 생각 없이 던진 말에 무슨 뜻이 있겠는가? 역시 이럴 때는 생각 없이 대답하는 수밖에…….

"월화와 수목은 열심히 놀고 금토일은 편안히 휴식을 취하며 가정일에 최선을 다하고 수신제가 후에 치국평천하를 도모……."

이건 말인지 막걸린지, 무슨 말을 했는지 지금은 의도적으로 기억이 나지 않는다. 다만 그와 악수를 하며 다음에 만나면 '화개 막걸리'라도 한잔 기울이면서 뭐 어쩌고저쩌고 하나마나 한 인사를 했다. 한증막에서 나와 각자의 칫솔로 양치를 하고 각자의 면도기로 면도를 하면서 각자의 때를 밀었다. 아, 나의 자존심은 도대체 어디까지 밀린 걸까?

통증

"그의 상황은 갑작스럽게 닥친 것이었지만, 완벽하게 논리적이었다. 남은 삶처럼, 예를 들자면 성욕처럼. 그것은 갑작스럽게 닥쳐왔지만 완벽하게 논리적이었다."

—《시대의 소음》, 줄리언 반스

그날, 오전의 녹차 작업을 끝낸 후 선풍기 앞에 앉아 있었다. 땀으로 곤죽이 된 몸을 씻고, 후끈 달아올랐던 속도 맥주로 식히고 있던 참이었다. 곡우를 즈음해 우전과 세작 잎을 따고 나면, 이후 기계를 사용한 대량 채엽 작업에 들어간다.

작업은 고되고 또 고되다. 찜통 같은 더위 속에서 무거운 녹차 자루를 등에 지고 날아야 한다. 약을 칠 수 없는 친환경 녹차 밭이라 온갖 벌레들과 사투를 벌인다. 벌레에 물려 가려운 몸을 긁을 새도 없이 땀은 비 오듯 쏟아지고, 입은 옷은 몸에 척척 감긴다. 마치 물속을 헤집고 걷는 듯하다. 그렇게 새벽부터 시작해 정오가 다 돼서 하루 작업을 끝내고 나면, 오후는 선풍기 앞에서 맥주를 마시며 느긋하게 시간을 보낼 수 있다.

몸에 걸친 것 없이 마시는 맥주는 불지옥에서 벗어나 마시는 한 모금의 감로수 같다. 7월의 더위 앞에서 배를 내밀고 의자에 발을 올려놓고……

가만, 발……. 정확히 오른쪽 엄지발가락이 살짝 아픈 것 같았다. 곧바로 이어지는 발작적인 통증. 칼로 그은 것 같은 예리한 통증이 시원한 맥주의 맛을 무참히 짓밟고 들이닥쳤다.

갑자기 쏟아지는 폭우 같은 통증에 온몸이 젖어 정신이 없었다. 귓속이 맴맴맴 울렸다. 장마 후에 내리쬐는 땡볕 속에서 매미소리가 자지러졌다. 곧 숨이 넘어갈 듯 울어 젖혔다. 엄지발가락이 떨어져 나갈 것 같았다.

이게 도대체 뭐란 말인가. 일 끝나고 맥주 한 잔 마시고 있었을 뿐인데 느닷없이 이게 무슨 일일까. 여전히 잘려나갈 것 같은 엄지발가락의 아픔을 죽을힘을 다해 참아보지만 정신을 제대로 수습하기가 힘들었다. 당장 어쩔 도리가 없었다.

인터넷 검색을 해보았다.

"엄지발가락이 부어오른다. 부어오른 부위에서 열이 난다. 주로 관절 부위에 증상이 나타난다. 남성에게 자주 발생한다. 40~50대에 첫 발작이 일어나는 경우가 많다. 조금만 스쳐도 자른 듯 아프다. 발작적인 통증이 수반된다."

하나도 빠짐없이 내 증상과 일치했다. 자가 진단의 소견은 통풍이었다.

하룻밤을 어떻게 지새웠는지 기억도 나지 않는다. 날이 밝자마자 아내를 앞세워 순천의 병원으로 달렸다. 긴 대기 시간 뒤에 마주한 의사는 아침부터 피곤해 보였다. 의사의 가운 소매에 때가 타 있

228

는 게 눈에 들어왔다.

'아직 죽을 정도는 아닌 것 같군.'

나는 속엣말을 누르려고 고개를 들어 의사를 똑바로 쳐다보았다. 쓰고 있는 안경 렌즈가 지저분해 보였다. 피 검사와 소변 검사 결과가 나오기 전에 문진이 이루어졌다.

"고기 좋아하세요?"

"아니요."

"평소 식사량이 많으세요?"

"아니요."

"집 안에 통풍으로 고생한 분이 계세요?"

"아니요."

"키에 비해 체중이 과하다고 생각하세요?"

"아니요."

"맥주 좋아하세요?"

"아니요."

의사의 질문에 대한 답은 '아니요' 한 가지로 충분했다. 맥주도 갈증 해소를 위해 어쩌다 마시는 것, 그리 좋아하는 편은 아니었다.

"음…… 이상하군요. 체형도 그렇고, 식습관도 그렇고, 유전적 원인도 없는 것 같은데…… 혹시 술은 일주일에 며칠 드세요?"

"네, 한 열흘 정도 마십니다. 낮술 포함해서."

"참, 나. 술 때문이군요. 술!"

그렇게 나의 통풍은 갑작스럽게 닥친 것이었으나 완벽하게 논리적으로 원인 규명이 되었다. 의사의 진단에 의하면 말이다. 빼도

박도 못 하고 완벽하게 논리적이라고 아내는 옆에서 맞장구를 쳤다. 그 맞장구가 얄밉고 아팠지만 아내가 그렇다면 그런 것이다. 아무런 기미도 예고도 없이 들이닥치는 이런 날벼락들은 사람을 당혹스럽게 만들고 때로는 극도의 공포로 몰아넣기도 한다.

나는 통풍의 통렬한 고통 속에서 줄리안 반스가 그려낸 쇼스타코비치의 삶 《시대의 소음》을 들여다보고 있었다.

쇼스타코비치는 여행 가방을 들고 승강기 앞에서 당의 부름을 기다리고 있었다. 나의 고통은 조금도 가라앉지 않았고, 쇼스타코비치의 마음속에서 일어난 두려움은 다스려질 기미가 없었다. 스탈린 동무는 그를 소비에트가 낳은 최고의 예술가에서, 한순간 서구를 흉내 내는 반혁명적 형식주의자로 몰았다. 음악은 금지당했다. 매일 밤 다른 층에서 끌려가는 소리가 들렸다. 제복 입은 그들은 늘 오밤중에 나타나 사람들을 끌고 갔다. 잠옷 차림으로 끌려가기는 싫었다. 가방을 챙겨서 승강기 앞에서 그들을 먼저 기다렸다. 느닷없이 끌려가는 것보다 예상대로 끌려가는 것이 훨씬 나았다. 그것만으로도 공포는 절감되었다.

아니다. 공포는 줄어드는 것이 아니라 누르고 버티는 것이다. '띵'하는 기계음과 함께 승강기 문이 열리고 나는 발이 째는 듯이 아팠다. 머리가 띵하게 울렸다.

"그의 상황은 갑작스럽게 닥친 것이었지만, 완벽하게 논리적
이었다."

나는 그가 겪은 시대의 통증이 완벽하게 논리적이라는 것에 대
해 동의할 수 없었다. 그리고 갑자기 찾아온 나의 통증을 누르고 버
티기가 버거웠다.

쇼스타코비치는 매일 밤 잡혀가기를 기다렸다. 그는 '느닷없음'
을 감당할 수가 없었다. 예상되지 않는 음표는 모두 불협화음이었을
뿐. 그는 '느닷없음'을 '예상대로'로 조바꿈을 하고 비밀경찰을 기다
렸다. 잠옷 차림으로 끌려간 친구를 생각하면 그 편이 훨씬 나았다.

"세 시간 동안 승강기 옆에 내내 서 있었다. 줄담배를 다섯
대 피웠고 마음은 어지러웠다."

<므첸스크의 맥베스 부인>은 무대에 올리지 말았어야 했다. 스
탈린 동무는 '음악이 아니라 황당무계'라고 했다. 동무의 말은 곧 혁
명의 깃발이었다. 깃발은 언제나 무오류이며 완벽한 논리로 나부껴
야 했으므로 그가 인민의 오류이며 혁명의 깃발을 갉아먹는 좀벌레
가 되어야 했다. 술을 많이 먹어서 통풍이 찾아왔다는 내 병증의 원
인과는 비교도 안 되게 폭압적인 논리였다.

100만 원은 그 속에 있다

"원고료로 받은 10만 원짜리 수표 두 장을 마누라 몰래 쓰려
고 책갈피 속에 감추어놓았는데 찾을 수가 없다."

김훈의 문장에서 나는 문득 나의 책들을 훑어보았다. 저 안에 감
춰져 있는 것들. 나도 마누라 몰래 쓰려고 감춰두었던 것이 있나, 하
는 생각을 해보았다.

얼마 선 엄마(장모)가 사고 싶은 거 사고, 먹고 싶은 거 먹으라면
서 100만 원을 주셨다. 5만 원권 스무 장이 담겨 있는 봉투를 받으
면서 나는 잠깐 울었다. 언제나 빈손인 나는 늘 엄마에게 '마음만 가
득'하고 겉치레로 그치기 일쑤였는데, 엄마는 그 빈손에다 즉물적이
면서 동시에 현실적인 은혜를 베푸시었다. 몹시 죄송하면서도 그 마
음 씀에 울컥거린 것이다.

나는 그 100만 원을 쓰지 않았다. 은행에도 맡기지 않았다. 내가
사고 싶은 것이 100만 원을 넘기는 것도 없거니와 먹고 싶은 것도
100만 원이 넘는 것은 없으므로(확 와인을 사버릴까?), 100만 원은
세상에서 가장 큰 '백'의 의미로서 내 책 그곳에 꽂혀 있다. 김훈처럼
맹자를 뒤지고 공자, 장자를 뒤져도 찾을 수 없는, 그래서 먼 훗날 우
연히 현현하여 만고의 기쁨을 누릴 건덕지는 내게는 없다는 얘기다.
나는 분명히 엄마가 주신 100만 원을 'ㅇㄱㄷㅈ'에 꽂아누었다.

분명히 기억하고 있다, 마누라야.

집을 지으면서 한쪽 벽면을 모두 책장으로 만들었다. 층고가 높은 집 구조 탓에 책장은 사다리로도 올라갈 수 없을 정도의 높이가 되었다. 이제 더 이상 읽지 않을 책(그러면 버리면 되지 그걸 끝끝내 버리지 못한다), 겉보기에 좋은 책들(있어 보이는)을 골라 손 닿지 않는 높은 곳으로 올리고 빈번하게 찾는 책들은 키 높이에 분류 없이 (단, 있어 보이게) 꽂아두었다.

꽂아놓고 보니 너무 장대했다. 한눈에 봐도 읽은, 읽기 위한 책을 모아둔 것이 아니라 보이기 위한 장식용의 책장이 되어버린 것이다.

뭐, 괜찮다. 처음부터 인테리어를 염두에 두고 만든 측면도 있고, 그게 이 집과 어울린다면 그걸로 만족이다. 책장을 보고 나의 과시욕과 허영을 읽어내는 방문객이 있다면 또 뭐 그것도 상관없는 일이다. 아무튼 어떤 분류로 꽂아놓았는지도 모르며(김훈은 이런 현상을 일러 '계통 없는'이라 표현한다), 정확히 몇 권인지도 모르는 수많은 책을 바라보며 가늠해본다.

저 책 속에 적혀 있을 메모들, 밑줄 그어 둔 문장들.

책들은 수많은 메모를 품고 있다. 어떤 메모는 쓴 나도 읽어내지 못할 정도로 휘갈겨 쓴 것도 있고, 적을 당시의 기쁨과 분노, 공감 그리고 고개를 돌리게 만드는 감정들이 고스란히 묻어 있는 것도 있다. 또 차마 읽기 민망한 어설픈 깨달음이 적혀 있는 것도 있다.

그 어설픔들이 조금씩 퇴적되어 지금의 나를 구동하는 연료로 쓰이고 있는지도 모른다. 그때는 깨달음이라고 절대적으로 믿고 있던 사실들이 사실은 누구나 다 알고 있는 상식들인 경우도 많았다.

그 수많은 메모가 마치 카타콤에 묻힌 비밀스러운 시신처럼 다시는 빛을 보지 못하고 묻혀 있다.

그래서 차마 버릴 수가 없다. 문청文靑의 비릿한 믿음 뒤에서 자행했던 그 수많은 치기의 결과들이 묻힌 저 책들을 나는 차마 버릴 수가 없고 빌려줄 수도 없는 것이다. 그래서 저 모양으로 꽂아두었는데 이제는 필요한 메모는 물론이고 필요한 책조차 저 겉보기에 장대한 책꽂이에서 쉽게 찾을 수가 없는 것이다.

움베르토 에코의 서재에 비할 바는 못 되지만 그의 서재에 대한 일화가 생각난다. 한 기자가 어마어마한 장서를 보고 에코에게 이렇게 물었단다.

"선생님, 이 책을 다 읽으신 거예요?"
"아니요, 다음 일주일 동안 읽을 책입니다."

실로 장대한 뻥이다. 나에게는 그런 뻥을 칠 배포는 없다. 다만 저 책 속에 적어둔, 내가 저질러놓은 치기의 찌꺼기들을 버리지는 않을 것이다. 편히 쉬고 있기를.

책을 읽다가 문득 연관된 책이 있어 찾아보는 경우가 많다. 먼지 덮인 책을 툴툴 털어서 쪽을 열면 그 속에서 잊혔던 엽서가 툭 떨어진다. 카타콤의 발굴 현장인 것이다.

"당신은 나의 전경이며 나는 당신의 배경입니다."

연애 시절이었나, 결혼하고 나서였나? 아내에게 만들어준 문구. 기억이 가물가물하다. 전이든 후든 그 감미료 내 물씬 풍기는 문구가 다시 빛을 보게 되어 내 앞에 떨어진 것이다. 이제는 잊힌 "꽃같이 빛나던 옛 맹서"가 먼지를 뒤집어쓴 책갈피에서 민망을 불러온다.

그러다 찬찬히 읽고 다시 곱씹어 읽어보면 그때의 절절함이 민망을 누르고 새록새록 피어오른다. 한 여자에게 최선을 다하던 그때의 내 모습이 스친다. 비혼주의자의 강력한 신념을 무참히 무너뜨린 그녀에 대한 감정과 자정을 넘긴 퇴근길을 집 반대 방향의 그녀 집으로 잡던 내 일상의 화살표들. 그녀에 대한 그런 들, 들, 들이 이 한 장의 엽서에 압축 파일처럼 켜켜이 저장되어 지금의 나를 반론하고 있다(그때의 그녀와 지금의 마누라는 같은 女다).

늦게 입대한 군대를 제대하고 맨 처음 한 일이 동생의 카드를 빌려 교보로 간 일이었다. 군대 내에서 단편적으로 읽던 김현의 전집을 사기 위해서였다. 그의 글은 일요일 교회에 가서 먹는 초코파이와 알알이 톡톡 터지는 주스 같았다. 무슨 의미인지 제대로 씹지도 않고 넘겼다. 다만 달콤하게 풍기는 전체적인 느낌적 느낌으로 아, 이게 아사 직전의 적군도 살린다는 초코파이구나 하는 심정으로 김현을 아우라로 접했다.

그 김현의 아우라 속에서 알알이 터지는 알맹이처럼 기형도를 목격했다. 소리 내어 읽는 그의 좁은 입안에서 가득 퍼졌다.

얼마 전 페이스북에 기형도의 기일이라며 많은 글이 올라왔다. 그 글들은 군 제대 무렵의 나를 지금의 내 앞으로 즉각 잡아당기는 역할을 했다. 그때 나는 원인 모를 무슨 병에 걸렸던 것 같았다. 증세가 상사병과 비슷한 것 같기도, 심한 열병 같기도 했다. 원인은 급히 씹어 넘긴 김현과 기형도 때문이었다.

그의 시는 내가 여태껏 말하지 않았던, 말할 능력이 없었던 구질구질한 나의 서사를 말끔하게 요약해주었다. 심지어 아름다웠다(내 눈에는). 갖고 싶었다. 훔쳐 와서 내 것으로 위장하고 싶었다.

일없이 빈둥거리는 날 대부분을 탑골 공원 뒤편 순댓국밥집 골목을 어슬렁거렸다. '파고다극장'이었던가. 그는 그 자리에서 그의 시집 마지막 페이지를 덮었다. 오랜만에 꺼내든 그의 시집 첫 장에는 "1995년 3월 22일(수) ⑧"이라고 적혀 있다.

날짜야 시집을 산, 혹은 읽은 날일 것이고 ⑧은 같은 시집을 여덟 번 샀다는 의미일 것이다. 읽고 찢어버리고, 읽고 던져버리고, 읽고 줘버리고, 읽고 의도적으로 잃어버리고를 반복했다. 질투의 우회적 표현이었다. 그때 당시 "질투는 나의 힘"이었으므로.

시집 안에 적힌 수많은 질투의 흔적들, 기형도에 대한 뻔뻔한 청혼들이 아직도 남아 있다. 부끄럽고 짠하게도.

다시 김훈은 그 10만 원짜리 수표 두 장을 찾으려고 공자와 맹자와 장자 그리고 제자백가서와 동서고금의 수많은 현인의 말 잔치를 뒤집는다. 그러고도 결국 찾지를 못하고 "내 언젠가는 기어이 이 수표 두 장을 찾아내고야 말 터이다" 하면서 마누라 몰래 감춰둔 돈의 환상적 쓰임에 입맛만 다신다.

나도 입맛만 다시고 결국에는 찾지 못하는 말들이 밑줄을 깔고 저 책 속에 무수히 파묻혀 있다.

아, 그 문상을 어디서 봤더라. 누구의 말이었지? 그냥 내가 한 말

혹시 이런 문장을 보셨는지요
머리 꼭지에 붉은 방점이 찍혀 있고
밑줄을 깔고 게으르게 누워 있거나,
느낌표 문신을 하고 있는데……

처럼 꾸밀까.

출처를 밝히지 못한, 그리고 기억이 가물가물한 문장들이 저 속에 파묻혀 있을 텐데, 필요할 때마다 개똥도 아니면서 도대체 찾을 수가 없는 것이다.

정말로 찾고 싶은 문장이 있을 경우는 작정하고 일을 벌인다. 일단 의심이 가는 책들을 모조리 책꽂이에서 빼내 쌓아 놓는다. 그러고는 탐문 수사하듯 '이런 문장을 보셨는지요, 생김새가 이러이러하고 어느어느 장르에 자주 출몰합니다만……' 하나하나 책 표지를 정중하게 두드리고 물어본다. 문장을 보았다는 작가들은 쉽사리 나타나지 않는다.

나는 다시, '문장 꼭지에 방점이 찍혀 있거나, 밑줄을 깔고 게으르게 누워 있거나, 혹은 느낌표 문신을 하고 있는데 혹시……' 하고 끈질기게 탐문을 이어가지만 대개는 쉽게 찾아지지 않는다.

찾고자 하는 것은 시간을 두고 찾아야 하는 법. 그래, 뭐 됐어! 하고 관심 잃은 척 눈을 돌리면 어느 틈엔가 나의 수표 두 장은 엉뚱한 곳에서 나타나는 것이다. 그때의 희열은 마누라가 친정 가는 것만 할까!

반복되는 이런 불편을 해소하기 위해 언젠가부터 치부책 같은 장부를 쓰기 시작했다. 책에서 밑줄 그은 문장들을 엑셀로 표를 만들어 기록해놓은 것이다. 그러면 필요한 문장이 있을 때마다 키워드 검색으로 쉽게 찾을 수 있다. 말하자면 그 책의 골자, 즉 뼈를 추려 컴퓨터에다가 유골 단지를 만들고 필요할 때마다 추모를 일삼는 것이다.

이런 내 모습을 옆에서 지켜보던 또 다른 내가 '이 바보야, 그럴

바에는 구글에서 키워드 검색하는 게 낫지 그걸 미련곰탱이처럼 기록하고 있냐' 하고 을러댄다.

나는 속으로 무릎을 친다(이 바보는 자기 속이 또 다른 자기의 속인지도 모른다). '그걸 누가 모르냐. 현인들의 말을 옮기는 최소한의 예의를 너 따위(이 너 따위는 나 따위의 다른 이름이다)가 알 턱이 있나' 하며 지금껏 찾지 못하던 문장들의 키워드를 은근슬쩍 구글 검색창에 집어넣고 있다.

그러나 엄마가 주신 백만 원은 엑셀에 기록할 필요도 구글로 검색할 필요도 없다. 정확히 'ㄹㅊㅋㄷ'(눈치 빠르면 알겠지만 앞의 책 제목과 다른 것은 역시 마누라를 염두에 둔 위장술인 것이다) 사이에 꽂아두었으니까. 세상에서 가장 큰 숫자의 의미인 '백'으로.

그러니 마누라야, 찾을 생각 마라!

이런 걸레 같은

나는 새벽 일찍 일어난다. 잠자리에서 사투(깨어나기가 힘든 것이 아니라 이미 깨어 있는 몸뚱어리를 일으켜 세우기가 힘든 것이다)를 벌이며 일어나면 온몸은 걸레처럼 아무렇게나 구겨져 있다. 전날의 피로가 안 풀린 탓이다. 전날이 아니라 전생의 모든 업이 오늘의 피로로 몰려오는 것 같기도 하다.

꾸역꾸역 자리에서 일어나 아직 채 깨지 않은 정신을 수습하려고 물을 마신다. 500밀리리터가 넘는 커다란 물컵에 가득 물을 받아 단숨에 들이킨다. 새벽의 어둠이 같이 딸려 들어와 배가 빵빵해진다. 헛배 속 같은 이 새벽의 어둠 속에서 나는 다만 헛것처럼 빈 물컵을 들고 서 있다. 이제는 물먹은 걸레가 된 것 같다. 축 처진 채 하루가 시작된다. 깨끗한 물에 빨아 보송하게 말리고 싶어진다.

일층의 침실을 나와 차를 우려낸 보온병을 들고 이층 서재로 향한다. 날은 아직 밝지 않았고 계단참에서 잠이 깬 보리가 꼬리를 흔든다. 새벽의 어둠이 이쪽저쪽으로 흔들린다. 내 발걸음이 흔들리면서 손에 든 보온병이 흔들린다.

이층으로 오른다. 불을 밝히자 무슨 짐승처럼 고여 있던 어둠이 순식간에 창 바깥쪽으로 튀어 나간다. 창밖은 고요해서 걸레처럼 비친 내 모습조차 고요하다.

"때론 걸레도 고요할 때가 있다."

수정해야 할 비문처럼 비꼬듯 중얼거린다. 이 새벽에 나는 무엇을 할 것인가. 차를 한 잔 따라 마신다. 뜨거운 찻물이 온몸으로 스민다. 몸의 모든 세포를 건드리며 걸레 같은 몸뚱이의 최말단까지 가닿는다. 조금 살 것 같다.

그래서 이 새벽에 나는 무엇을 할 것인가. 다시 차 한 잔을 따른다. 졸졸졸. 해야 할 일들이 오늘의 찻잔에 조금씩 차오르다가 어느 순간 울컥 쏟아진다. 주체할 수 없는 하루 일과가 질펀하다. 다시 마신다. 이제 엎질러진 찻물을 닦은, 뜨겁게 젖은 걸레가 된다.

차를 마시고도 제대로 시동이 걸리지 않는다. 오래된 디젤 트럭처럼 예열을 하고도 엔진은 그렁그렁거린다. 오래돼서 그럴까. 너무 막 굴려서 그럴까. 얼마 전에 팔아 치운 트럭을 생각하며, 오십을 넘긴 연식의 나를 생각하며 커피를 내린다. 커피포트에 어둠이 똑똑 떨어진다. 동이 트려면 얼마나 남았을까. 커피 향이 진득한 어둠에 조금씩 녹아든다.

침실에서 아내가 뒤척이는 소리가 커피 향에 섞여 잔 속에서 '찰랑'한다. 조금 더 시간이 지나고 향이 잦아들면서 커피는 이제 막 동트기 직전이다. 어두우면서 연한 반투명의 미명이 아내의 뒤척임과 함께 '찰랑'한다.

"아내와 몸을 섞는 커피 향."

이렇게 문장을 만들었다 지운다. 나는 오늘 하루를 후후 불어서 가늠해본다. 쓰디 쓴 액체가 귀밑 관절을 치고 들어온다. 흠칫 놀라 그만 커피를 쏟는다. 걸레로 커피를 닦아낸다. 나는 커피에 젖는다.

다시 마음을 다잡고 책상에 앉아보지만 도대체 집중이 되지 않는다. 양어깨를 묵직하게 짓누르는 통증. 책상 위에 놓인 에너지 음료 캔을 딴다.

치익― 비웃는다. '그따위로 살 거면 집어치워라!'

캔은 머리꼭지에 목구멍을 뚫고 집어삼킬 듯 나를 쳐다본다. 집어 든 캔 속의 내용물을 단숨에 들이킨다. 캔 속의 내용물이 내 속의 내용물을 밀고 내려간다. 캔 속을 비우고 나를 채워도 에너지는 쉽사리 차오르지 않는다. 잠시 후, 퍼지는 카페인의 싸한 느낌이 빈 쌀독을 긁듯 벅벅거린다. 이 고갈의 느낌은 언제나 청량하면서 명확하면서 동시에 애잔하다.

애잔은 다시 걸레를 떠올린다. 청량하지도 명확하지도, 단지 후줄근하고 애산만 한 설레가 내 놈을 닦는다. 내 놈에 스미지 않은 구연산, 구연산삼나트륨, 비타민C, 가시오가피추출농축액(국산), 홍삼농축액(국산), 합성착향료(혼합과일향), 정제수, 과라나추출물(브라질), 타우린, 홍차추출분말(스리랑카산), 비타민B6염산염, 판토텐산칼슘, 기타 과당의 다국적 내용물을 걸레는 흠뻑 빨아들인다.

다시 일층에 내려가 테이블에 앉는다. 맥주 캔을 딴다. 여명처럼 거품이 조금 솟았다 가라앉는다. 피곤엔 알코올이 최고지, 피곤을 쫓기 위해 피곤의 근원을 다시 마신다. 술을 깨기 위해 해장술을 마시는 이치다. 이열치열과도 결이 같다(아닌가?). 명치끝에서 쉬이 내려가지 않던 무언가가 쑤욱 밑 빠지듯 내려간다.

"밑 빠진 독."

나는 의미 없이 중얼거린다. 뒤따르는 트림은 밑 빠짐의 증거다. 이제 아침이 끄윽끄윽하고 피어오른다. 동쪽을 바라보고 있는 거실

246

커피포트에 어둠이 똑똑 떨어진다
동이 트려면 얼마나 남았을까
커피 향이 어둠 속으로 슬며시 몸을 섞는다

창에 햇살이 부딪힌다. 부딪히면서 낱낱이 쪼개져 거실로 쏟아진다.

'젠장, 아무 일도 못 했군.'

맥주 한 모금에 안주 대신 한숨 한 모금을 집어먹는다. 일어나자마자 물을 마시고, 차를 마시고, 에너지 음료를 마시고, 맥주를 마시고, 이제 쏟아지는 햇살을 마시면서 나는 이 아침에 하릴없이 젖어간다.

출근 준비를 하던 아내가 아침 햇살 속에 발을 담그고 멍하니 서 있다. 아침 댓바람부터 맥주를 처마시고 있는 나를 걸레 보듯 바라본다. 이번 주말에는 봄맞이 대청소를 해야겠다. 걸레가 여럿 필요할 게다.

기억 속에 켜지는 붉은 홍시

바스락거리는 소리가 분명히 잠결을 스쳤다. 그 소리는 얇은 비닐종이에 싸여 있는 사탕을 꺼내는 소리다. 이불을 뒤집어쓰고 있어도, 안 봐도 안다. 달착한 맛이 혀에 번지는 듯한 소리를. 깨물지만 않으면 그 단맛을 입안에서 오래도록 굴릴 수가 있었다.

일명 '삐재이'라고 부르던 비닐종이의 바스락거림. 경상남도 일부 지방에서 비닐을 왜 삐재이라고 불렀는지 어원을 알 수는 없지만 어른들은 모두 비닐을 삐재이라고 불렀다. 비료 삐재이, 과자 삐재이, 빵 삐재이.

그리고 어린 나에게 비째이는 사탕과 동일어였다. 그 삐재이 바스락거리는 소리만 들으면 나는 늘 파블로프의 개가 되었다. 삐재이 소리는 자동적으로 입안에서 침이 고이게 만들었던 것이다.

아주 어려서 외가에 맡겨져 살 때는 종종 그런 개 같은 일이 있었다. 잘 밤에 사탕 안 준다고 떼를 쓰다가 울며 잠든 외손자의 머리맡에, 할머니는 사탕 몇 알을 아침 눈 뜨기 전에 놔두곤 하셨다. 그러면 나는 바스락거리는 소리에 일어나라고 다그치지 않아도 이불 속에서 번쩍 눈을 떴다. 눈물 얼룩진 눈을 비비며 머리맡을 살피면 예외 없이 비닐종이에 싸인 사탕 몇 알이 놓여 있었던 것이다.

'아아아, 좋은 아침이야'라고 말하지는 않았겠지만 그에 버금가는 기대 부푼 마음으로 비닐종이를 벗겼던 것이다. 땅콩이 알알이 박힌 사탕을.

아침 댓바람부터 그 다디단 사탕을 깨물지 않고 끝까지 빨아먹던 손자를 보며 할아버지는 '밥맛 없어진다. 고마 무라'시며 새집 지은 머리를 또 한 번 헝클어놓으셨다. 그런 밥맛 없는 기억이 요즘 들어 종종 떠오른다.

그저께가 대보름이었나 보다. 이제는 명절 축에도 끼지 못하는 대보름을 묵나물 한 접시 얻어먹지 못하고 넘겼다. 오는지 가는지도 모르게 그렇게 정월 환한 달빛을 푸대접으로 보내버린 것이다. 설부터 시작해 보름 동안 축제처럼 이어가던 옛날과 사뭇 다르게 달맞이 불놀이 정도로 겨우 대보름의 명맥을 이어가는 요즘. 그마저도 코로나19로 인해 생략하는 경우가 거의 대부분인 듯하다.

어릴 적 설 지난 늦겨울, 봄 농사 준비를 시작하면서 논이며 밭의 두렁을 태우던 그 매캐한 연기 냄새가 기억난다. 동네 형들을 따라 돌리던 깡통 속의 쥐불과 달맞이 불에 둘러앉아 농주 추렴을 하던 어른들. 시뻘겋게 일렁이는 불에 얼굴이 익어 달을 쳐다보던 예닐곱 살의 대보름. 할머니는 겨우내 말려두었던 묵나물을 무쳐 깨소금 듬뿍 뿌려 밥상에 올리셨다. 어린 나이에도 어쩜 그렇게 참기름의 고소한 내를 좋아했던지. 지금도 참기름 냄새는 할머니 냄새로 각인되어 있다.

밥 안 먹는다고 투정 부리던 외손자에게 할머니는 종종 빠알간 홍시를 대접에 담아주시곤 하셨다. 할머니의 음식을 유독 좋아하던 내가 왜 밥맛이 없었겠는가. 밥보다는 넓고 두툼한 단맛이 입에 척척 감기는 그 홍시가 먹고 싶었던 게다.

할머니는 제사에 쓰고 남겨둔 인절미나 절편을 밥 짓고 남은 잔불에 구워 홍시를 올려주셨다. 불에 구워진 쫀득한 떡을 조청이 아닌 홍시에 찍어서 먹는 맛은 지금도 내 인생 첫손에 꼽히는 맛이다. 나는 그때 그 홍시가 나무의 열매가 아니라 할머니가 직접 만드신, 우리 할머니만 만들 수 있는 특별한 음식인 줄 알았다. 나는 그런 음식을 한 백 가지 정도 자유자재로 만드시는 할머니의 외손주였던 것이다.

그 시절, 여름이면 감나무 밑에 평상을 펴놓고 저녁을 먹곤 했다. 짚과 왕겨로 모케불(모깃불) 피워 놓고 그 위에 '뽈래기'를 올려 구웠다. 익어가면서 피어오르는 그 구수한 생선 살 냄새가 마당 가득 퍼질 즈음, 논 일 나갔다 돌아오신 할아버지는 소죽부터 챙기고 평상에 걸터앉으셨다.

짚불은 활활거리지 않고 은은하게 타들어갔다. 매캐한 연기 냄새가 어둑신해지기 시작한 저녁 마당에 뽈래기 굽는 냄새와 함께 그렇게 한 풍경을 피워올렸다. 할머니는 노릇하게 구워진 뽈래기를 접시 대신 감잎에 담아 상에 올리셨다. 평상 위로 드리워진 수많은 감잎을 가리키면서 "할머니, 접시가 너무 많아요"라고 했던가.

짙푸른 감잎 위에 노릇한 뽈래기, 김 오르는 갓 지은 밥 한 술. 할머니가 손으로 찢어 입에 넣어주시던 여름 김치. 이제는 더 이상 먹을 수가 없다. 그 유년의 풍경이 녹아 있던 그 맛.

얼마 전 공부방 학부모가 직접 잡았다고 하시며 볼락을 한 봉지 주셨다. 프라이팬에 굽지 않고 아궁이에 불 지피던 참에 석쇠에 올려 구웠다. 겨울이면 나흘에 한 번씩 피우는 아궁이 불은 생선 굽기에 더없이 좋다. 노릇하게 익어가는 생선 살과 빠알간 잔불을 바라보고 있노라면 그 시절 할머니 생각도 났다가, 홍시 생각도 났다가, 쥐불놀이며 매캐한 연기 냄새, 사탕 삐재이 생각에 빠져 말 그대로 '불멍'의 올바른 자세를 보여준다.

사시사철 가리지 않고 잡히는 볼락은 여름에 비해 맛이 엷지만 그래도 억센 뼈에 달라붙어 있는 살은 고소하다. 갓 지은 밥에 올린 생선 살을 멍하니 바라보며 할머니를 생각해본다. 그 파블로프의 개 같은 일과 밥맛 없는 알사탕들.

'뿅'을 맞은 딱, 그 '짝'

내게는 방학 때마다 시골의 외가로 향하던 유년 시절 기억이 있다. 이제 막 전깃불이 들어오기 시작했던 그 외가로, 겨울에는 길게 여름에는 짧게 다녀왔다.

어린 시절 서울에서 외가가 있는 경상남도 고성까지는 하루가 온전히 걸렸다. 한강에서 해가 떠오르는 모습을 보며 고속터미널을 출발해 저녁 어스름 밥 짓는 연기 냄새를 맡으며 도착하곤 했다. 그 긴 이동의 시간이 내게는 멀미처럼 울렁거렸다.

어쩌다 하행 길이 장날과 겹치기라도 하면 도시에서는 한 번도 본 적이 없는 진풍경들을 볼 수 있었다. 버스는 사람만 타는 것이 아니라 웬만한 크기의 가축들도 함께 타고 있었다. 난리도 그런 난리가 없었다.

묶은 발이 풀린 씨암탉과 먹은 것을 연신 앞으로 토하고 뒤로 싸는 똥강아지들, 그리고 네 다리가 묶인 채 짐짝처럼 부려진 돼지 새끼도 있었다. 찜통더위에 할아버지들은 갓과 두루마기까지 챙겨 입으시고, 등목 치듯 시원하게 걸친 낮술에 성긴 수염의 얼굴이 불콰해져 있었다. 출입문으로는 더 이상 사람이 탈 수가 없어서 어른들의 손에서 손으로 넘겨지는 아이와 몸 빠른 청년들이 버스 창문으로 드나들었다.

선풍기 바람 하나 없는 찜통의 버스 안에서 더위를 식힐 것은 열

어놓은 창문이 전부. 모두들 반쯤은 풀어헤친 앞가슴에 연신 손부채질을 해댔다.

그렇게 온갖 것을 풀어놓은 난전처럼 시골의 장날 버스가 비포장도로를 달렸다. 도착하는 마을 입구마다 토하듯 사람들을 내려놓으면 뒤따르던 흙먼지가 창문을 통해 다시 버스에 올라탔다. 버스의 빈틈이란 빈틈은 모두 붉은 흙먼지로 가득 찼다. 바람을 일으키려는 것인지 먼지를 좇으려는 것인지 손부채는 쉴 새 없이 움직이면서 흐르는 땀도 훑어내렸다.

그런 난장 같은 버스 안에서 흘러나오는 이미자의 목소리는 "헤일 수 없이 수많은 밤"과 무더위를 뚫고서 어린 내 가슴도 도려내는 듯했다. 그때 나는 흙먼지 피어나는 장날 버스 안에서 이미자를 처음 느.꼈.다. '뽕'을 맞은 딱, 그 '짝'이었다.

몇 년 전인가 보다. 한국의 록을 대표한다는 한 가수가 노래 경연대회에 뽕짝을 들고 나왔다. 우렁차게 울리는 큰 북의 전주를 뚫고 몽골의 후미(몽골의 전통 창법) 같은 극저음의 목소리를 토해내던 그 남자 가수. 약간은 흔들리는 음정으로 "그대의 싸늘한 눈가에 고이는 이슬이……" 하고 첫 소절을 시작했다. 남진의 <빈 잔>이었다.

아니 그때는 그 노래가 남진의 것이었는지 몰랐다. 바로 찾아서 보고 들었다. 록 가수의 노래 속 빈 잔은 그의 인생만큼이나 흔들리고 불안했다.

그러나 남진의 노래 속 그 잔은 말 그대로 텅 비어 있으면서도 동시에 무언가로 가득 차 있었다. 칠팔십 년대, 먹고살아야 하는 절체절명의 시절을 맨몸뚱이로 건너야 했던 내 위 세대들의 인생(아니면 그냥 불륜이거나 통속적 사랑이거나). 그 삶을 남진은 빈 술잔에 채워서 마시자고 했다.

외로운 사람끼리 가진 것 없는 대로 정이라도 나누면서, 혹시라도 차고 넘치는 그래서 감당이 안 되는 설움이 있으면 "나의 빈 잔에 채워주"라고 했다. 남진의 목소리는 쉽게 넘어가지 않고 질겅거리는 안주 같기도, 포장마차의 흔들리는 카바이드 불빛 같기도 했다. 몇 년 전 나는 뽕짝의 그 궁상스러움에 "그렇게 또 정이 들"었다.

엄마는 지독히도 노래를 못 부르셨다. 가끔씩 흥얼거리는 노랫소리는 아무도 알아먹을 수가 없었다. 월요일이면(내 기억으로는) 저녁상을 물리고도 한참 후에야 시작하는 <가요무대>를 틀어놓고 엄마는 바느질을 하곤 하셨다. 터진 옷가지며 구멍 난 양말 등속을 기우면서 흘러나오는 옛 노래를 따라 부르셨다. 엄마의 흥얼거림은 TV에서 흘러나오는 그 노래와는 별개의 것처럼 들렸다. 너는 너대로 해라, 나는 나대로 하려니, 음정도 박자도 아무런 구속 없이 엄마는 다만 엄마의 감정에 충실했다.

엄마의 그 흥얼거림은 그 옛날 시집갈 때 타던 꽃가마처럼 출렁거리기도 하고, '네 아버지가 말이다……' 하며 사설辭說을 놓기도 했다. 그럴 때마다 엄마는 바늘에 머릿기름을 바르며 노래 소절을 꾸욱꾸욱 짜내듯 뱉었다.

엄마의 이야기는 더 이상 이어지지 않고 알 수 없는 곡조가 바느질 땀을 얼기설기 쫓아갔다. 며칠째 들어오지 않는 아버지를 더 이상 기다리지 않는 겨울밤, 바느질은 단장斷腸의 미아리 고개를 넘다가 질며 절며 박자도 놓치다가 뒤돌아보고 또 보아도 음정은 맞을 기미가 없었다.

그 속에서 나는 어느 틈엔가 잠이 들곤 했다. 비몽인지 사몽인지 그 경계 어디 즈음에서 장을 끊어낼 것 같은 뽕짝의 강물이 스르륵 흘렀다. 음정이 맞지 않아도, 박자가 틀려도 역사는 흘러서 동란의 시대는 먼 과거가 되었고 양말의 구멍은 메꿔졌다. 메꿔졌을 것이다. 기운 흔적을 뚜렷하게 남긴 채.

나는 집에 TV가 없다. 고로 TV를 시청하지 않으며 요즘 어떤 프로그램이 인기를 얻고 있는지 알 턱이 없다. 그러다 주위에서 '트로트', '뽕짝' 이야기를 자주 접하게 되었다. 아니 자주가 아니라 만나는 사람마다 그 이야기만 해댔다. 뒤늦게 안 사실. 트로트 열풍이 전국을 휩쓸고 있었다.

코로나19가 전 세계를 초토화시키면서 사람들의 발을 집과 한정된 공간에 묶어두었다. 그 틈을 타서 한국에서는 전염병과 함께 트로트가 창궐하고 있었던 것이다. 다행인지 불행인지 나와 아내는 감염되지 않고 무사했던 것을 너무도 늦게 알게 되었다.

오랜만에 산에서 내려와 보니 철로 만든 짐승이 달리고 있더라, 뭐 이 정도는 아니어도 내게는 이 현상이 꽤 신기하게 느껴졌다. 그래서 나이 어린 가수들이 트로트를 부르는 모습 서넛을 동영상으로 찾아보았다. 기존 가수들과 뭇 어른들이 무릎을 치며 경탄할 정도의 실력들이었다. 트로트 특유의 꺾이고 흐르고 떨리는 기술들을 무리없이, 아니 훌륭하게 소화해내고 있었다.

'어쩜 저리 잘 부를까. 어떻게 저 나이에……'

나의 감상은 딱 거기까지였다. 저 아이가 과연 단장이 어떤 뜻인지는 알까. 상잔의 아수라에서 생때같은 자식을 땅에 묻고 피난을 떠나야만 하는 그 부모의 심정을 알까? 어느 전선의 달밤으로 자식을 빼앗기듯 보낸 흰머리 어머니의 애끓는 치성을 알까(물론 나도 잘 모른다).

음정 박자를 초월한 내 엄마의 정서는 거기에 없었다. 빈 술잔 들고 취하는 내 위 세대들의 헐겁도록 짠한 빈곤이 그들에게서는 묻어나지 않았다.

또 무언가를 알리려나 보다. 창문이 울릴 정도로 큰 볼륨으로 전봇대에 달려 있는 스피커에서 <찬찬찬>이 흘러나온다. "술잔을 부딪히며 찬찬찬" 대목에서 볼륨이 줄어들더니 "안녕하십니까 가탄주민 어러분" 하고 이장님의 목소리가 높낮이 없이 흘러나온다.

"지난겨울을 넘기고 마을 골목마다 쌓여 있는 낙엽과 묵은 먼지를 청소하려고 합니다. 마을 주민 여러분들께서는 각자 청소도구를 지참하시고 대청소에 동참해주시면 감사하겠습니다. 다시 한 번 알립니다……."

"가녀린 어깨 위로 슬픔이 연기처럼 피어오를 때"쯤 이장님의 멘트가 끝났다. 그리고 "주루룩 주루룩 주루룩 주루룩 밤새워" 비가 내렸다. 그나마 새벽종이 울리지 않고 새 아침이 밝지 않은 게 얼마나 다행인가. 아무런 이념과 아무런 강제 없이 그저 각자의 청소도구를 챙겨서 마을 골목 구석구석 찬찬찬 쓸기만 하면 된다.

쉽게 지워지지 않는 내 유년의 기억 속에서, 한 장르로 거의 모든 채널이 대통합을 이루는 방송 프로그램에서, 대청소 안내를 하는 마을의 알림 방송에서, 뽕짝이든 트로트든 흘러넘치고 또 흘러넘친다.

이름하여 뽕짝 팬데믹이다.

지금도 일본 불매 운동의 불이 꺼지지 않은 상태에서, 일본 엔카의 배다른 남매 같은 이 음악을 어찌 바라봐야 할지. 선술집에서 파는 오뎅을 죽어라고 어묵으로 바꿔 불러야 하는 밑도 끝도 없는 문화적 자존심은 또 어떻게 받아들여야 할지. 닭볶음탕을 닭도리탕으로 올려 무수한 비난의 댓글을 감당해야 했던 한 유튜버는 이 현상을 이해할까.

내가 맛있으면 그것이 오뎅이든 어묵이든 상관없는 걸까. 나는 닭도리탕이 먹고 싶은데 굳이 닭볶음탕을 주문해야 할까. 마꽤자가 마고자가 됐으니, 다깡이 단무지가 됐으니(김치를 기무치라 부르면 그렇게도 싫어하면서), 그러니까 엔카가 대한해협을 넘어서 뽕짝이 되었으니 우리 것으로 널리 애용해도 되는 걸까.

강력한 전염성을 가진 라시도미파 음계의 창궐 속에서 나는 잘 모르겠다. 뽕짝과 트로트가 같은 장르인지 다른 장르인지, 왜색 음악인지 전통문화인지, 애愛인지 증憎인지, 배척인지 수용인지. 다만 내 엄마의 흥얼거림과 버스의 흙먼지 속 동백 아가씨가 그리움에 지쳐서 빈 술잔을 채우는 모습밖에는……

아, 이제 동백이 필 무렵이다.

무늬와 옹이

시골살이를 시작하면서부터 겨울이 오기 전 빠뜨리지 않고 챙기는 것이 있다. 더욱이 집을 새로 짓고 난 뒤로는 찬바람이 부는가 싶으면 '이제 슬슬 시작해볼까' 하고 시동 걸 준비를 한다. 이런 준비가 없으면 겨울을 무사히 통과할 수 없는 것이다.

새로 지은 집은 기본적으로 보일러가 설치돼 있으나 대부분의 난방은 나무를 사용한다. 나흘에 한 번 정도 불을 지피는 아궁이가 있고, 장작을 사용하는 거실 난로가 있다. 수로 아내가 쓰는 구들방은 열효율이 좋아서 반 수레 정도의 장작을 밀어 넣고 불을 지피면 3박 4일은 너끈히 찜질방 수준을 유지할 수 있다. 아내는 방바닥과 거의 밀착한 상태로 한겨울을 난다. 휴일이면 무릎 나온 수면 바지를 입고 군고구마처럼 방바닥을 뒹굴고 다닌다. 물아일체라고 해도 지나치지 않다. 난로 역시 열효율이 아주 우수한 편이다. 화개 바로 옆 동네인 악양의 난로 장인이 만들어주신 명품이다. 처음엔 불붙이기가 까다롭더니 이제는 아침에 한차례 불을 지피고 나면 온종일 실내가 훈훈하다. 도시의 아파트처럼 실내에서 한겨울 반팔 생활을 할 수 있다.

사실 우리 집은 겨울에만 아궁이를 때는 것이 아니다. 아내는 조금만 썰렁해지면 나 보란 듯 집 안에서도 겉옷을 챙겨 입는다. 가을 단풍이 들기도 전에 아내는 아궁이를 들먹이기 시작해서는 이듬해

5월까지 꾸준히, 성실히, 끊임없이 불을 강요한다. 그러고는 잠시 쉬는가 싶다가 장마철이면 습하다는 핑계로 다시 아궁이 불을 찾는다. 말하자면 거의 일 년 내내 불을 지피는 셈이다. 나무 값은 둘째 치고 그렇게 꾸준히, 성실히, 끊임없이 나무를 떼야 하는 마님 받드는 돌쇠 같은 나의 노고를 아내는 마땅하다고 생각한다.

그러다 보니 연료로 사용하는 나무도 많이 들어갈 수밖에 없다. 한겨울 사용할 나무를 그전 해 겨울에 사다 놓고 일 년을 말린다. 겨울에 벌목한 나무라야 함수율이 적고 잘 마른다(는 게 내 생각이다). 올해는 보성에서 3톤 정도를 들여왔다. 40센티미터 길이로 잘라온 참나무 둥치를 쌓아놓고 말렸다가 내년 겨울에 쓸 요량이다.

이번 겨울은 작년 치를 헐어 사용해야 하는데 그러기 전 꼭 해야 할 일이 바로 장작 패기다. 매년 3톤 분량을 도끼로 쪼개야 하는 것이다.

"당신은 뭘 해도 재수 없게 해!"

옆에서 도끼질을 지켜보던 아내가 풋고추처럼 말한다. 아내의 말인즉 다른 사람이 도끼질을 하면 용을 쓰고 하는데 나는 별 힘들이지 않고 쉽게쉽게 한다는 말이다. 다시 말해 '당신 도끼질 너무 잘해!' 뭐 이런 뜻이다.

사실 장작 패기는 그리 어려운 일이 아니다. 나무 둥치를 잘 골라 도끼에 힘을 싣지 않고 그냥 내려치면 겁대로 쭉 하고 쪼개진다.

잘 마른 나무 둥치를 고른다. 균형 잡아서 세운다. 결에 맞춰 도끼를 내리찍는다. 이 과정을 3톤 정도의 분량만큼만 반복하면 된다. 그러면 올겨울을 따뜻하게, 군고구마 모양의 아내를 볼 수 있는 것

이다.

문제는 뒤틀리거나 옹이가 박혀 있는 둥치들이다. 이것은 앞의 3단계 과정으로 내리찍어서 될 일이 아니다. 3단계 과정을 또 세 번 정도를 반복하고 나면 쪼개질까 말까를 망설인다. 이렇게 온 힘을 다해 몇 번을 내리찍어도 옹이 부분에서 꿈쩍도 않고 더 이상 도끼 날이 나가지 않는 경우가 태반이다. 세상에 뒤틀리지 않고 굴곡 없이 자란 나무가 어디 있고, 옹이 없이 굵은 노목이 어디 있겠는가. 수려하게 잘 뻗은 나무도 쪼개 보면 남모를 옹이들이 박혀 있다.

귀촌하고 얼마 지나지 않아 뭐라도 기술을 가져보자는 심산으로 목공에 손댔다가 금방 그만둔 일이 있다.

"나무가 품고 있는 옹이를 어떻게 자연스러운 무늬로 살리느냐가 아주 중요해요."

목공을 가르치던 선생이 하신 말이다.

"그런데 나무를 켜보기 전에는 어떤 모양의 옹이가 박혀 있는지 알 수가 없어요. 좋은 무늬를 찾는 건 말하자면 복불복인 셈이지요. 인생처럼."

그것이 왜 '인생처럼'인지는 알 수 없으나 사람도 누구나 제 삶에서 옹이 한두 개쯤은 품고 사는 게 아닐까 싶다. 그리고 그 옹이가 어느 시기에 어떤 모양으로 박혔는지 다른 사람은 알 턱이 없고 오로지 본인만 홀로 품고 있을 터.

중학교를 갓 들어갔을 무렵으로 기억한다. 토요일, 학교에서 돌아와 보니 대문이 활짝 열려 있었다. 마당 한편에는 연보라색 라일락꽃이 만개해서 향기가 집 안 가득 흥청거렸다. 현관문 유리가 깨져서 반짝거리고 있었고 신발이 여기저기 나뒹굴어 있었다.

엄마는 마루에 볕 좋은 햇살처럼 엎질러져 있었다. 무슨 일이 일어났다. 동생은 보이지 않았다. 동네 사람들이 담 너머에서 하나둘 얼굴만 내밀고 있었다. 쓰러져 있던 엄마를 일으켜 앉히자 엄마는 다시 넋을 놓아버렸다. 안방으로 들어가 보았다. 아버지가 담배를 피우고 있었다. 담배 연기가 햇빛 속에서 푸르게 하늘거렸다. 동생은 옆에서 방바닥에 쏟아진 '라면땅'을 주워 먹고 있었다. 눈가에 얼룩이 져 있었다.

"무슨 일이죠?"

나는 아버지에게 짝다리 같은 억양으로 사태를 물었다. 순간 내 관자놀이쯤에서 불이 번쩍 일었다. 아버지에게 처음 맞아보았다.

"버릇없이 말투가 그게 뭐냐?"

아버지는 사태 설명 대신 짝다리 같은 말투를 문제 삼았다. 그러고 잠시 후 아직도 윙윙거리는 내 귓전에 한마디를 남기고 아버지는 방을 나갔다.

"우리 집안 누구누구는 어려운 환경 속에서도 판사, 검사 되고 훌륭하게 잘살고 있다."

이 뜬금없는 말은 무슨 뜻이며 무슨 의도일까? 그 '누구누구'가 누구인지 나는 누구에게도 물어보지 않았고, 그 누구의 '어려운 환경'과 지금의 내 환경이 어떻게 연결되는지도 몰랐다. 적어도 그때 그 나이에는 그 말의 의미를 헤아릴 재간이 없었다.

그 이후로 아버지는 자신이 불러온 평지풍파를 나의 의지와 노력 문제로 환치시키는 기가 막힌, 책임감이 결여된, 가부장적 잠언

도끼질은 간단하다
잘 마른 나무 둥치를 고른다
균형 잡아서 세운다
결에 맞춰 내려친다
이 3단계를 3톤 정도 분량 반복한다

을 남기고 그물에 바람 걸리듯 집 안을 드나들었다.

아버지는 살아생전 내가 받았던 그날의 손찌검과 끝끝내 화해하지 못했다. 자신의 잘못이 단지 한때의 외도라고만 믿었고, 가족에 대한 무책임에 대해서는 한 치도 인정하려 하지 않았다. 나는 아버지가 살았던 삶을 셀 수 없이 되새기며 내가 세운 삶의 지침에 굵은 밑줄을 그었다.

"절대로 결혼해서 가정을 이루지 말자!"

지난주 중, 아버지의 제사가 있었다. 아이들의 공부방을 마치고 부랴부랴 제수를 준비했다. 장날에 장만한 커다란 생선을 찌고, 전을 부치고, 두세 가지의 나물을 마늘, 조미료 없이 무쳤다. 문어와 무를 썰어 넣고 해물로 육수를 내, 두부를 곁들인 탕국을 준비했다. 과일은 과하지 않게 사과와 배 정도만 준비하고 물에 불린 생밤을 쳤다. 평소보다 물을 조금 덜 잡고 밥을 지었다. 청주를 준비하고 향과 초도 챙겼다.

초헌 잔을 올리다가 울컥, 가슴 저 밑바닥에서 삭지 않은 무언가가 치받고 올라오는 것을 느꼈다. 어떠한 감정인지 설명할 수가 없었다. 어떤 것으로도 분류되지 않는 그 덩어리에 그냥 화가 치밀었고 잔을 올리던 나를 무람없이 막아 세웠다.

어찌어찌 그렇게 제사를 지내고 아내와 음복 겸 저녁 식사를 했다. 아무 말 없이 식사는 이어졌다. 나는 제사를 지내며 느꼈던 감정을 분류하려 애써봤으나 별수 없었다. 아버지에 대한 기억이 다듬어야 할 무늬로 남을지, 쪼개져야 할 옹이로 남을지 여전히 결론을 낼 수가 없었다.

그러나 이제 그었던 밑줄을 지우고 가정을 이뤘다. 결론을 어떻게 내든 간에 나는 가정이 화목하도록 또 불을 지펴야 한다. 그렇게 꾸준히, 성실히, 끊임없이. 돌쇠처럼.